TAKE
SHOBO

氷剣の貴公子が、何度巡り合っても私に溺愛求婚してきます!

ループのたびに愛が重くなるのは何故ですか!?

麻生ミカリ

Illustration
すがはらりゅう

蜜猫
Mitsuneko F

contents

イラスト／すがはらりゅう

氷剣の貴公子が、何度巡り合っても私に溺愛求婚してきます！

ループのたびに愛が重くなるのは何故ですか⁉

第一章　甘き死は訪れない

二月の空は、今にも雪が降り出しそうな灰色の雲に覆われている。

オフィーリア・オルブライトは、うつ伏せの体勢で首を固定され、じっと目を閉じる。

左目の下には、小さなつけぼくろ。

「裏切り者の王妃を殺せ！」

民衆の声を聞きながら、オフィーリアは口元だけで小さく笑った。

王妃クローディアの処刑場に集まった誰もが、身代わりの女が死にゆくことに気づいていない。

——それでいい。クローディアはここで死ぬ。そして、ほんとうのディアは、どこかで生きて、幸せになって……

愛する双子の妹、クローディアが冤罪《えんざい》で処刑されることになったとき、オフィーリアは迷うことなく入れ替わりを提案した。

妹がレイデルド王国国王ジェイコブと結婚するまでの十七年間、双子は人生のほとんどをともに過ごしてきたのだ。

母の胎内にいるときからひとつの人生をふたりで分け合い、どんなときもいちばんの味方でありつづけた日々を思えば、今日ここで死ぬのがどちらであっても神さえ騙《だま》せるとオフィーリアは思う。

――ディアはわたしの心を守るために王妃になった。だったら、わたしはディアの命を守るため、喜んで身代わりになる。何も怖くない。大事な大事な、たったひとりのわたしの妹。

広場に集まった群衆は、拳を突き上げてクローディアの死を願う。

洗い流す血のぬめりを、鼻腔《びこう》にこびりつく肉のにおいを、人生を奪われた者の慟哭《どうこく》を知らず、民衆は行楽の代わりに処刑場へやってくるのだ。

愚かな娯楽を、短絡的な享楽を。

オフィーリアは、別にすべてを否定するつもりなんてなかった。

死を間際に感じてなお、自分の選んだ道を後悔しない。

消費される一瞬でいい。

王妃クローディアの死を愉《たの》しむ者たちがいるからこそ、身代わりを演じる意味があると知っていた。

踊れ、踊れ、踊れ。

彼らの目にはギロチンに頭《こうべ》を垂れる自分のほうが見世物だろうが、オフィーリアにとって真実の世界は逆転している。

甘き死は訪れない。

それが幻想であればあるほどに、愛《いと》しい妹を守り抜く自分を誇って死んでいける。

——王妃クローディアは死ぬ。王妃でなくなれば、ただのクローディアは生きる。

ならば舌の根が感じる苦味は、やはり死の味だろうか。

すべては消費され、飽和とともに失われていく。

遠い海からやってくる、見知らぬ船の汽笛が鳴っては消えていくように。

灰色にけぶる空から、今年最初の雪が降ってくる。

香りすらしない死の足音に耳を澄ませているオフィーリアには、民衆の狂乱は届かなかった。

彼らの声はひとつのかたまりとして、雑多に鼓膜をかすめるだけ。

その言葉に意味はなく、ただの騒音として処理される。

——さよなら、ディア。あなただけは、どうか幸せに……

覚悟を決めた彼女の耳に、突然異物が飛び込んできた。

「無実の罪で死ぬのは虚《むな》しかろう」

——誰⁉

クローディアが冤罪で処刑されることを知る者。

それは、この茶番劇の絵を描いた誰かにほかならない。

目を見開き、澄んだ青い瞳で見る世界は悪意に満ちていた。

感情を見せずに首を斬られようとする王妃に退屈していた人々が、一斉に沸き立つ。

しかし、オフィーリアが知りたいのは――

「王妃クローディア、これは報いだ。貴様の、そして王の受けるべき報いが刃となって落ちてくる」

呪いの声は、誰の口から発せられているのかわからない。

狂乱の宴が始まろうとしている。それは開始と同時に終わる、断首の儀式だ。

――誰もが愛したクローディアを、なぜ殺したがるの？　報いとはいったい何？　クローディアに悪意を持つのは誰？

「殺せ！　殺せ！　裏切りの王妃を殺せ！」

民衆の声が高まる中、オフィーリアは奥歯をぎゅっと嚙《か》みしめる。

どれほど覚悟していても、恐怖は心を蝕《むしば》んだ。

――ああ、女神エンゲ。わたしの愛しい妹を、どうかお守りください。

誰がコマドリを殺したのか。

その答えを知ることは、もう二度とない。

オフィーリアの世界が終わろうとしている。

嚙《か》み締《し》めた奥歯が、ガチガチと音を立てた。

けれど、それもほんの数秒のことだった。

空気を切り裂いて、刃が落ちてくるのを感じた瞬間、オフィーリアは意識を失う。

遠く、歓声が上がった。

空からは無情の雪が降ってくる。

赤く散った花の上に、雪は降り積もる――

† † †

目を開けた瞬間、オフィーリアはその事実に困惑する。

目を、開ける。

それは生きているからこそ、できることだ。

「どうしてっ⁉」

なんなら声だって出るし、上掛けをバサッと跳ね除《の》けて飛び起きることも可能である。

――生きてる。えっ、ちょっと待って。生きてるって、困るんだけど？

まさか、身代わりになって処刑されたのはただの夢だというのだろうか。それならそれで、当然生きているほうがいい。生きていることを困る必要はない。

白い薄布の寝間着から伸びた、自分の両手をじっと見つめて。

オフィーリアは、あまりの現実感の希薄さに息を呑《の》んだ。

指腹はうす赤く柔らかで、手首の内側に触れれば脈を感じる。

生きている。

おそるおそる自分の首に指を這《は》わせ、間違いなく頭と体がつながっていることを確かめた。

間違いなく、生きている。

——信じられない。あれが全部、ただの夢だったなんて……

「おはようございます、オフィーリアさま。今日はずいぶん早起きですね」

二年前から屋敷で働く侍女のミリアムが、お湯を張った水差しを持ってやってくる。

「おはよう、ミリアム。ねえ、今日は何日?」

「今日は十二月二十日です。ご予定は特にありませんが、どうかされましたか?」

すう、と血の気が引いた。

十二月二十日。

あの断罪の日より、二カ月も前の日付だ。

——わたしは、二月二十日に広場で処刑された。王妃クローディアとして。

「あら、お顔の色が白いですね。貧血でしょうか。無理をせず、もう少しおやすみになりま
す?」

「いいえ、すぐに起きるわ。今日は王宮に行くことにする!」

ただの夢だと割り切れない。妹が無事か確認せずには、居ても立っても居られない気持ちで、オフィーリアは寝台から飛び起きた。室内履きにつま先を入れると、ミリアムがあたたかなガウンを持って近づいてくる。

「今年は、雪が降らないですね」

「え、ええ」

「去年の今ごろは、大雪で苦労しました。このまま、春が来てくれればいいのですが——」

そうはいかないだろう、という言葉の代わりに、侍女は小さくため息をつく。

「……降るわ」

「えっ？」

雪は、二月二十日に降る。今年の初雪を、ギロチンの刃の下で感じた。

オフィーリアはぶるりと身震いをして、自分の体を抱きしめる。

——あれは、夢なんかじゃない。わたしは知っている。自分の命が刈り取られる瞬間を、ちゃんと覚えている！

「ミリアム、お湯をちょうだい。顔を洗わなきゃ」

「ご用意いたします」

夢か、現《うつつ》か。どちらにしても、やることは決まっている。

——ディアはわたしが守る。絶対に。

†　†　†

二年前、ハーシェル公爵家に縁談が持ち込まれた。

「イヤよ！　絶対にイヤ！」

十七歳だったオフィーリアは、長く美しい白金髪の巻き毛を揺らして寝台の枕に顔を埋める。

けれど、この寝台は自分のものではない。妹の部屋で、妹の寝台だ。

「双子のどちらかと結婚したいだなんて、あんまりじゃない？　どちらでもいいって、わたしたちをなんだと思っているの？」

「リア、落ち着いて」

ハーシェル公爵家の美しい双子は、社交界デビューを目前にすでに国内でも注目の的だ。

姉のオフィーリアは、明るく負けず嫌いのきらいがある、芯の強い少女。妹のクローディアは、たおやかで優しく、年齢にしては少々夢見がちな少女。

生まれたときからずっと一緒に育ってきたふたりは、はたから見てもたいそう仲の良い双子である。

瓜二《うりふた》つの外見は、両親、兄ですらときに間違えるほどだった。太陽光を編んだように輝く白金髪と、澄んだ海を溶かし込んだと称される青い瞳。

けれど、ふたりは別の人間である。細かい相違点をあげれば、性格以外にも判断基準はいくつもあった。ぱっと見てわかるのは、クローディアは左目の下に小さな泣きぼくろがある点だ。多くの人は、そのほくろを目安にふたりを見分ける。

もうひとつが、オフィーリアの右手首にある小さな傷跡。野犬に襲われそうになったとき、妹を守ろうとして怪我《けが》をしたのだ。

「ディア、あなただってイヤでしょう？　お父さまと年の変わらない陛下の四番目の妃になるというだけでも信じられないのに、わたしかあなた、どちらかに結婚しろだなんて！」

クローディアは、ひとりがけの椅子に座って困ったように微笑《ほほえ》む。その表情を、オフィーリアはこれまでに数え切れないほど見てきた。

「公爵家の娘を妻に望む男性からすれば、その家のどの娘でも構わない。双子でなくたって、当人ではなく家に宛てて縁談が来るのはよくあることでしょう？」

「それはそう、だけど」

オフィーリアだって、公爵令嬢を十七年もやっている。妹の言いたいことはわかっているのだ。

「それに、陛下がわたしたちのどちらかをお望みというのなら、お断りなんてできないわ」

レイデルド王国は、大陸で二番目に広い領土を持つ国だ。国王ジェイコブは当時四十二歳。双子より二十五歳も年上の、過去二回の離婚と一回の死別経験がある王の妃になれというのは、年若き少女たちにはあまりに酷な話である。

ましてジェイコブは人間不信と噂《うわさ》が聞こえ、小心者でいつも伏し目がちな人物だ。王宮の奥にこもり、必要最低限しか人前に姿を見せない。そのため、王でありながら国民には不人気なのである。それでも、国内の貴族ならば王からの縁談を断る道はない。

「ねえ、逃げましょう。ふたりで逃げればきっと――」

「しーっ、ダメよ。そんなことを口にしては」

唇の前に人差し指を立てて、クローディアが言う。

「だって、こんなのひどいとディアだって思うでしょう?」

双子はお互いを「リア」「ディア」と呼び合っている。それは幼い日に、ふたりで決めた。ふたりだけの特別な呼び方だった。

クローディアは、オフィーリアの質問には答えずに微笑んでいる。

「大好きなリア、わたしのお姉さま。あなたは賢くて強くて優しい人よ。逃げるなんて現実的ではないと、ほんとうは知っている。そうでしょう?」

妹の言葉に、唇を噛んだ。

――賢くも強くも優しくもない。優しいのは、ディアのほうよ。

同じ顔だというのに、オフィーリアとクローディアはまったく印象の異なる双子だ。鏡よりもよく見た顔を、オフィーリアはじっと見つめる。

古代レイデルド王国では、双子はひとつの魂をふたつの体に分けて生まれてくる、神に近しい存在だと言われていた。事実、この国の神話には双子の神も存在する。

ひとりの母の胎内にふたりの子ども。ふたりとも無事に生まれてくることは少ないのもあって、双子はとても珍しがられる。それも、美しい双子の少女とあっては誰もがふたりに目を奪われた。

——そうだわ。伯母さまの神殿へ行けば、もしかしてわたしたちを匿《かくま》ってはくれないかしら。

オフィーリアたちの母親は、女神エンゲをまつる神殿の縁者だ。母方の伯母は、長く聖女として女神エンゲに祈りを捧《ささ》げる職に就いていたと聞いている。

聖女は、役目を終えるまで結婚することを許されない。逆をいえば、神殿での役目を与えられればオフィーリアもクローディアも結婚しなくて済む。

自室に戻ったオフィーリアは、伯母に手紙を書いた。

自分たちふたりで、女神エンゲの聖女になれはしないか、と——

翌日、目を覚ましたオフィーリアは、母の口から恐ろしい事実を聞かされた。

「おはよう、オフィーリア。今日はお寝坊だったのね。あなた、寝起きできっととても驚くわよ」

「ふぁあ……、寝坊というほどの時間でもないわよ、お母さま」

「クローディアが、陛下に輿入れすることになったの」

「……え……?」

「ああ、やっぱり驚いたわね。わたしたちも同じよ。あのおとなしい子が、自分から陛下との縁談をお受けしますと言い出したときには――」

笑顔で話す母が信じられない。

どうして、と叫びたかった。たった十七歳のクローディアが、まだ社交界デビューすらしていなかった妹が、倍も年上の男に嫁ぐのをほんとうに心から喜べるというのか。

――ディアは、ディアはどこにいるの⁉

「なんだ、オフィーリア、朝から幽霊でも見たような顔をしているじゃないか」

「お兄さま、ディアのこと、聞いた⁉」

朝食堂にやってきた兄に、反射的にすがりつきたくなった。親よりも歳の近い兄ならば、この事態に思うところがあるかもしれない。しかし、兄もまた「ああ、もちろん聞いたよ」と破顔する。

「俺たちのかわいい妹が、王妃になるとはね。想像もしなかった」

「お兄さまは、それでいいの?」

「ありがたいことだろう? 我がハーシェル公爵家も安泰だ」

ほんとうに、そうだろうか。オフィーリアは唇を噛んだ。

——陛下は春に離縁をなさったばかりよ。クローディアが嫁いだからといって、これまでの王妃たちのように離縁されて戻ってくる可能性だってあるじゃない！

「おはよう、愛する家族たちよ。今朝は、クローディアの快挙で話はもちきりか？」

「……お父さま」

誰もわかってくれないのだと、オフィーリアは父の登場に苛立《いらだ》ちすら感じてしまう。

いや、そうではない。王族から——まして、国王陛下から望まれるというのは、本来こういうことなのだ。

クローディアの縁談を、誰もが祝福する。父も、兄も、母も。

——ディアと、直接話したい。今からでも、逃げられないものかしら。

「急いで準備を整えなくてはね。クローディアが、王宮で肩身の狭い思いをしなくていいように、ステキなドレスや装飾品を持たせてあげましょう。オフィーリアも一緒に見てあげるのよ」

「……っ、はい、お母さま」

不満しかなかったけれど、今ここで母に食ってかかったところでどうにもできない話だ。

——どうして、ディア。あなたには無限の未来があったのに。

どうして、どうして、どうして！

脳裏いっぱいに広がった疑問の答えを、オフィーリアは知っていた。

逃げられないことをクローディアは察していたのだ。双子のどちらかは、どうあっても王に嫁ぐよりない。ならばオフィーリアを守るために、クローディアは自ら王の花嫁となった。

ずっと、自分が妹を守っていると思ってきたオフィーリアにとって、この結末はあまりに悲しく、苦しく、そして恥ずかしくなるものだ。クローディアのほうが、よほど肝が据わっていた。負けず嫌いと言われた自分が、いかに口先だけの強さで生きてきたかを突きつけられる。

ほんとうの強さとは、優しさだ。そして、クローディアは誰よりも優しい人だった。

――わたしの半身、もうひとりのわたし。ディア、あなたがいつか困ったときにはかならずわたしが助ける。すべてを賭けて、ディアを守るから……

半年後、妹はこの国の四番目の王妃となった。

さらに二年後、王妃クローディアは無実の罪でこの世を去る。

† † †

――とにかく、ディアが無事か確認しなくては。

オフィーリアは、侍女に申しつけて馬車を用意させた。行き先は王宮だ。

あの処刑がただの夢だというのなら、それでいい。むしろ、そのほうがずっといい。

けれど胸に渦を巻く不安と焦燥感は、首を斬り落とされる絶望を今も覚えているオフィーリアの現実だった。

もう一度、あの未来が訪れるのだとしたら、知らなければいけない。なぜクローディアが断罪されることになったのか。

――無実の罪、と声の主は言った。だとしたら、クローディアに罪を着せた誰かがいる。黒幕がわかれば、クローディアを救うこともできるはずだ。

通い慣れた王宮は、王妃の生家の馬車をすぐに通してくれる。王妃と同じ顔をしたオフィーリアは、面倒な手続きなどせずとも王宮の中を自由に歩くこともできた。顔見知りの侍女が、クローディアのお気に入りの離宮でお茶の準備をしてくれることになり、オフィーリアは家から連れてきたミリアムと拱廊を移動する。

二月の空はまだ青く、冬の合間のあたたかな日差しが噴水の水をきらめかせる。

――ディアに、なんて聞いたらいいのかしら。誰かに狙われている？　そんな直接的なことは言えない。不安を煽《あお》るだけだわ。

考えながら歩くオフィーリアに、白い外套《がいとう》を翻す騎士が近づいてきた。王宮内を、警護の騎士が歩いているのは珍しいことではない。

鮮やかな赤い上着には、特徴的な襟がデザインされている。首元の詰まった黒い中着と、赤いベルト。太腿《ふともも》の幅が広いトラウザーズは膝から下が白い長靴《ちょうか》で覆われている。

「そんなに急いでどちらへ行かれるのです？」

尋ねる声に顔を向けた。声をかけてきたのは、特徴的な目の色をした騎士だった。燃えるような赤みがかった黒い瞳で、噂に聞く『氷剣のレスター』だとすぐにわかる。

レスター・クウェイフ。

王国でも武勲に秀でたエフィンジャー公爵家の三男で、美しく気高い騎士と噂される男だ。レイデルド王国に伝わる三大宝剣のうち、氷剣レイディンガーに選ばれた人物でもある。赤いベルトは剣帯になっていて、美しい細工をされた白銀の鞘《さや》が目を引く。

「失礼。私はレスター・クウェイフです。初めまして、オフィーリア嬢」

身分の高いほうが名前を尋ねるのは、礼儀のひとつだ。レスターとオフィーリアは、どちらも公爵家の出である。年齢が上で、男性である彼が尋ねてくるのも当然のことで。

「なぜわたしの名前を？　どこかでお会いしましたか？」

自分の名が知られている理由はわかっている。オフィーリアが、王妃クローディアとそっくりな外見をしているから「王妃ではないほう」という認識で、必然的に誰なのかわかる。消去法だ。

——だからといって、初対面の相手に名前を知っていると示すのはあまり褒められた態度ではないわ。

その苛立ちを、かすかに声に込める。レスターの黒髪が、中庭を抜ける冬の風に揺れた。

「いいえ。初めましてと申したとおりです。けれど、私は以前からあなたを存じていました」

「王妃と似た相貌《かお》ですものね。——初めまして、副団長さま。ハーシェル公爵家のオフィーリア・オルブライトです」

相手が自分を知っているのと同様、オフィーリアもレスター・クウェイフを知っていた。この国の民ならば、ほとんどが知っているのではないだろうか。

「王妃？　ああ、そうか。彼女はあなたに似ているのでしたね。警備でお姿を拝見したことはありますが」

彼の言い方からすると、レスターはクローディアではなくオフィーリアのほうを認識していたという話だ。

——奇妙な感じ。この方は、なぜわたしに声をかけてきたの？　まさか……

彼が、クローディアを殺そうとしている黒幕か。一瞬身構えたものの、会う人間すべてを疑っていたらきりがない。まして、エフィンジャー公爵家はハーシェル公爵家よりずっと名のある家だ。彼らがハーシェル公爵家に対抗する理由はない。

気を取り直して、オフィーリアは丁寧に会釈をする。

「わたしは、妹に会いに来たところです。副団長さまは、王宮の警備ですか？」

「ええ。最近、よくない噂が出回っているようですから」

「よろしくない……噂？」

——それは、ディアの死刑につながるもの？

レスターは無言でうなずくと、目線を侍女に向けた。人払いをするよう示している。すぐに理解し、オフィーリアはミリアムに振り返った。

「副団長さまと少しお話をしてから行くので、離れて待っていてくれる?」

「かしこまりました、オフィーリアさま」

侍女に離れて待つよう伝え、ふたりは手近な四阿《あずまや》へ歩いていく。早く確認したいけれど、歩きながら尋ねるのも無粋というものだ。かといって、走って移動するのは淑女としてはしたない。

「立ち入ったことをうかがいますが、噂とはどのようなものなのでしょう」

やっと腰を下ろし、開口一番、オフィーリアは口火を切った。

冷たい目でじろりと見られ、背筋がひやりとする。けれど、ここで怯《ひる》んではいけない。クローディアの命にかかわる問題だ。そもそも彼のほうから言い出した話である。

──今さら言いたくないだなんて、そんなの困るわ。

「お答えする代わりに」

真顔のレスターが、大理石のテーブルに身を乗り出してくる。

「はい」

こちらも真剣なまなざしで、彼を見つめた。対価として差し出せるものなら、なんだって。

クローディアの命には、代えられない──

「私と結婚してください、オフィーリア」

言葉が、脳を上滑りする。

誰が、誰と、結婚を？

いや、命には代えられないけれど、一生を棒に振るのは等価交換ではなくて――

「…………今、なんと？」

混乱の果てに、オフィーリアはもう一度聞き返すという愚行に出た。もしかしたら、聞き間違いだった可能性もある。

「あなたに求婚したのですよ、オフィーリア・オルブライト」

白磁の頬《ほお》に、夢見るような甘い微笑が浮かぶ。こちらを見ているようで、どこか遠くを見ているような赤い瞳。端整な顔立ちを縁取る黒髪が、やわらかに風にそよいだ。

「からかわないでください。出会って三分で求婚するだなんて、副団長さまらしくもない……」

ぱっと顔を背けたけれど、頬が赤らんでいるのは明らかだろう。

――生まれて初めての求婚が、こんな冗談みたいな言い方だなんてひどいわ！

しかし、ひどいと思いながらも心臓が高鳴ってしまう。レスターの顔が良すぎるのもよろしくない。年ごろの女性ならば、こんなに美しい騎士に求婚されて平常心ではいられないのだ。

それはもちろん、オフィーリアだって同様である。

「あなたは私の何をご存じなのでしょう。こうして直接お会いできることを、私がどれほど望んでいたか。オフィーリア、あなたは知らない。どうして、からかっていると思うのですか？」

オフィーリアの右手をとって、レスターは手首のやわらかな部分にくちづけてくる。唇が触れたのは、右手首の小さな傷跡の上だ。

――なんて柔らかくて、あたたかな唇……

夢の中で触れた花のように、彼のくちづけはオフィーリアの心を奪った。

「私は真剣です。あなたが妻となってくださるのならば、なんだっていたしましょう」

「や、やめてくださいっ。昼日中から、こんなふしだらなこと。人が見たらどう思うか……」

「ふしだらなのはお嫌いですか？　私はあなたとなら、どんな禁忌も犯したいのですが」

「副団長さまっ！」

生真面目な表情で、この男はずいぶん遊び慣れたような言葉を口にする。美しすぎる唇が紡ぐ声は、低すぎず、高すぎず、鼓膜を甘く震わせた。

「ああ、それはよろしくありません。私のことは、どうぞレスターとお呼びください」

意図して相手の名を呼ばずにいたオフィーリアに、彼は片眉を軽く歪《ゆが》める。

「さあ、オフィーリア」

「わ、わたし……」

右手を引いて、彼の手を振り払った。このまま、ここで、この男の道楽につきあっている暇はない。

「わたし、これで失礼しますわ。妹が待っているのです」

「その妹さんのことで、噂が」

立ち上がりかけたオフィーリアは、思わず息を呑む。

――さっきの悪い噂というのは、わたしの気を引くための嘘《うそ》ではなかった?

クローディアに関する話と言われてしまえば、逃げ出すわけにはいかない。再度座り直したオフィーリアに、レスターがテーブルの上で両手を組んで口を開く。

「隣国ジェライアと密通している者がいる。それはなんと王妃クローディアだ――と、そんな噂がまことしやかに流れています」

「！　まさか、ディアがそんなことをするはずがありません」

レイデルド王国とジェライア王国は、古くから幾度も争いを繰り返してきた。国境付近では、常に緊張感があると聞く。

「私もそう思いますよ。王妃のことは何も知りませんが、あなたの妹が国を売るはずがない」

――どちらかというと、あなたは王妃のほうを知っているべきではないの？　なぜわたしをそんなに信用できるのよ！

その思いをぐっと呑み込み、オフィーリアは奥歯を噛み締めた。

「……お聞かせいただき、ありがとうございます」

「あなたが私と結婚してくださるというのであれば、噂のもとを調べることもやぶさかではありません」

「わたしと関係なくとも、お調べになるのは副団長さまの役目では？」

「たかが噂ごときで、副団長が動いては信憑性《しんぴょうせい》を高めることになります」

悔しいけれど、彼の言うとおりだ。王立騎士団の副団長といえば、国内でも要職である。まして、レスターは氷剣レイディンガーの使い手で、エフィンジャー公爵家の令息で、若くして副団長まで出世している。

「ですが、私の妻の親族の話ならば」

「結婚はしません！」

「では、求婚はまた後日あらためてさせていただきます」

「求婚はしなくていいから、ディアを助けてください！」

「それはセットですので」

伏し目がちに微笑むと、彼はオフィーリアに手を差し伸べる。騎士に手を差し伸べられてはねつけるほど、オフィーリアだって無粋ではない。

「まずは、名前で呼んでいただけませんか？　今はそれで譲歩します」

「……レスターさま」

「はい」

花がほころぶように破顔するレスターを前に、オフィーリアは息を呑む。あまりに美しい笑顔だった。もし、彼が普段からこの表情を見せていれば、氷剣のレスターなんて呼ばれることはなくなるだろう。

――きっと社交界でも話題になって、女性たちはレスターさまとダンスを踊ることを夢見るように……

「この記憶だけで、三年は生きながらえることができそうです。ほんとうにありがとうございます、オフィーリア」

「っっ……、大げさです」

彼の手を取り、侍女の待つところまで戻る。無言の時間がやけに心臓を高鳴らせた。

「それでは、オフィーリア。またあらためて」

「ごきげんよう、レスターさま」

もう一度、彼の名前を呼ぶ。どうしてだろう。レスターが微笑むのと同時に、オフィーリアの喉がきゅうと狭まる感じがする。

――不思議な人。変わった人。だけど、信じられないくらい美しい人。

† † †

「まあ！　いきなり求婚だなんて情熱的だわ！」

「……ディア」

「レスターって、氷剣のレスターでしょう？　あの彼が、リアをずっと想《おも》っていただなんてロマンティックね。いつから好きだったのかしら？」

「ディア！」

王妃クローディアは、少女のように目を輝かせている。テーブルに置かれた紅茶が、すっかり冷めてしまった。

王宮の東側にある離宮をクローディアが自由に使っているのは、ジェイコブ陛下が王妃を溺愛している証《あかし》でもある。妹の結婚当初、王を敵視していたオフィーリアだったが、彼は四番目の妃を迎えて変わった。クローディアの優しさと愛情深さが、王を変えたとも言える。いつも王宮の奥にこもっていた彼が、王妃とともに外出するようになった。国内の視察にも出向くようになり、民衆は王を目にする機会が増えた。王妃を気遣い、かばい、大切にする姿から、次第に民衆からの人気も上向いてきているほどだ。

二年あれば、人間はこうも変わる。噂だけでジェイコブを判断していた自分を、オフィーリアは恥じた。

「重要なのは、求婚の件じゃないのよ」

そう。オフィーリアの気がかりは、悪い噂のほうなのだから。

「リアったら、どうして求婚が重要じゃないなんて思えるの？　あなたの将来にかかわることだわ。大事な姉には幸せになってほしいもの」

子どものころと同じ、優しい瞳。その目の色も、肌も髪も、指も爪の形も同じなのに、双子の印象は違う。気が強そうなオフィーリアと、守ってあげたくなるクローディア。

──わたしも、ディアみたいになりたかった。

「わたしたち、もう十九歳なのよ。結婚していておかしくない年齢だわ」

「同い年のあなたが結婚して二年も経《た》つのだから、わたしだってわかっているわよ。だけど、出会ってすぐ求婚するだなんて、何を考えているのかしら」

クローディアは、レスターが以前からオフィーリアを想っていたような妄想をしているけれど、実際どうなのかわからない。自分の何かが、彼の結婚観に合致したのだろう。オフィーリアはそう考えている。

──だとしても、それならそれで求婚の仕方というものがあるでしょう！

貴族同士の縁談には、互いを知らない場合があってもおかしくない。オフィーリアの友人の中にも、顔どころか名前もおぼろげだった相手から求婚されて結婚した者はいる。政略結婚の珍しくない世の中だ。親が決めた相手と結婚する。そのやり方に疑問はあれど、そういう価値観の中で育ってきたのも事実だった。

「ねえ、もしかしたらどこかの夜会でリアを見かけて、ずっと想ってらしたのかもしれないわ」

「……まだその話を続けるの？」

「だって、とってもロマンティックなんですもの」

そういえば、クローディアは昔から恋物語が好きだった。

——とにかく、ディアが無事なのは確認できたわ。わたしの見てきたことが現実なのか、あるいはただの夢なのか。それはまだわからないけれど……

「そんなことより、あなたが心配で来たのよ、ディア」

「わたしが？　どうして？」

「それは……」

あなたが死刑になって、わたしが身代わりに死んだから。

——とは、言えない。

「レスターから聞いたの。ジェライア王国のことで噂が流れているって」

「ジェライア王国の噂？　どんな噂なのかしら」

「リアは、何かそういう話にかかわっていない？」

「そうねえ。ジェライア王国といえば、最近あちらの国の貿易商から、新しい布を買ったの。とても美しいから、ディアとおそろいのドレスにしたいなって考えていたけれど、そのくらいかしら」

クローディアは、基本的に目に見えるものしか信じない。か弱いところのある妹だが、目に見えないものを想像して不安になるタイプではないのだ。

素直で純真なクローディア。幼いころからいい子と言われる彼女は、都合のいい子ではなかった。自分に必要な情報とそうでない情報を取捨選別できる。ただし、不要であると判断した中に、不都合を引き起こす情報があるのも事実だ。

——きっと、今回もそうだ。

ジェライアの貿易商から買いつけた布。これはひとつの目に見える事実でしかない。クローディアにとってはただの買い物だが、その貿易商とのかかわりを密通と勘違いされて処刑されることがありうるのだろうか。そう考えて、オフィーリアはうなじがすうっと冷たくなるのを感じた。

「……っっ、ダメよ、そんなの!」

「おそろいはイヤ？　子どもっぽいかしら」

「そ、そうではなくて。ジェライアの貿易商とかかわってはいけないの、ディア」

「でも、買ってしまったものは今さら返すわけにもいかないわ」

おそろいのドレス……とつぶやくクローディアは、どこか寂しそうに見える。

「ああ、もう。おそろいのドレスは、ありがたくいただくから」

「わあ、嬉《うれ》しい。先日、陛下が瀟洒《しょうしゃ》なレースをくださったのよ。もちろん、リアの分もあるの。仕立て屋は誰に頼もうかしら」

妹の世界は、少なくとも今の時点では平和で豊かで、幸福に満ちている。

——このまま、何ごともなく二カ月後を迎えられるならそれでいい。だけど、あれがただの夢だったとは思えないわ。

それ以上、ジェライア王国とのつながりは確認できず、オフィーリアはお茶の時間を終えると妹に別れを告げた。くれぐれもジェライアや他国の者にかかわらないよう、釘《くぎ》を刺すのは忘れなかった。

† † †

昨日まで降っていた雨で、馬車回しの付近はだいぶぬかるんでいる。

「オフィーリアさま、お足元に気をつけてくださいませ」

「わかってるわ、ミリアム」

侍女の心配をよそに、オフィーリアは跳ねるように歩いた。もともと運動神経だけは自信がある。子どものころのオフィーリアは、二歳上の兄と走り回って遊んでいた。あまりのお転婆《てんば》に、両親は結婚相手が見つかるか頭を抱えたものだった。

——結婚、ね。

クローディアはかわいい、愛らしい。もちろん性格が魅力的なこともあるけれど、外見も可憐《かれん》だ。ということは、つまりオフィーリアの見た目も同じ評価ということになる。だったら、もっと求婚だってされていてもおかしくない。子どものころだけではなく、今も両親はオフィーリアに縁談が来ないことを気にしている。レスターのことを知ったら、一も二もなく結婚まで持ち込まれてしまいそうだ。

——うん、言わずにおこう。

考えごとをしながら馬車に向かって歩いていると、

「オフィーリアさま！」

ミリアムの悲鳴に似た声が響く。

「えっ？　あ、きゃあっ！」

靴の裏が、ずるりと滑った。続いて、体がうしろに大きく傾く。どん、と腰が地面に当たり、オフィーリアは水たまりに手をついた。

——う、これはひどい……。

指の隙間に、ぬるりと泥が入り込んでくる。ドレスも靴もどろどろに汚して、ため息まじりに立ち上がろうと脚に力を込めた。けれど、靴の踵《かかと》がぬかるみにはまり込んで、うまくバランスが取れない。

はあ、と息を吐いたタイミングにかぶさって、男性の声が聞こえてくる。

「ああ、なんということでしょう。あなたは汚泥にまみれていても美しいです」

「…………」

顔を上げなくてもわかる。本日二度目の邂逅《かいこう》となる、レスター・クウェイフだ。

――さっさと馬車に乗って帰ろう。今日は厄日だわ。

もう一度立ち上がろうとしたところで、肩に白い外套をかけられる。

「なっ……、こんな白いの、泥で汚れたらひどいことになるじゃないですか！」

「服は洗えばいい話です」

「それなら、わたしの服も同じでしょ」

けれど、レスターはオフィーリアの言い分などまったく気にすることなく、外套で体を包み込んで抱き上げた。

「！」

「暴れると危ないです。どうぞ、私の首に両腕を回してください」

――何を言っているのかわからない。

密着した体は、衣服越しにも筋肉が隆起しているのが伝わってくる。異性とこんなに近い距離で接したのは初めてで、オフィーリアは自分の頬が熱くなるのを感じた。レスター相手に緊張なんてしたくないのに。

――顔を、上げられなくなる。

「ほんとうは、このあとあなたのお父上に挨拶をしに行きたかったのですが」

「どうして⁉」

「もちろん、結婚に関して話をするためです」

「わたし、承諾してませんっ」

「ええ、存じています」

まったく存じてくれているようには思えないのだが、彼は彼なりの考えがあって行動しているらしい。

「とりあえず、オフィーリアをこんな格好で帰しては、ご家族を心配させてしまいます。着替えの準備がありますので、どうぞ我が家の馬車にお乗りください」

「この格好で帰ったところで、家族はわたしの失態を笑うだけだと思います」

「そんなはずはありません。あなたが転倒するところを見ていなかったなら、私は確実にオフィーリアがどこぞの男に襲われたと思います。まずは、その相手を見つけ出して斬りつけてからあなたを助けにまいります」

「…………」

できれば、最初に助けてほしい。さらに言うなら、襲われる前にどうにかしてもらいたいけれど、そこまで望むと求婚を受けることになってしまいそうだ。

「馬車に泥の汚れが残っていても疑われますから。どうぞ、我が家の馬車にお乗りください。――ハーシェル公爵の馬車は、うしろをついてくるように」

「は、はい」

慌てたミリアムが、大きくうなずいた。

もう、好きにすればいい。

オフィーリアは、レスターの言うがまま、彼の家の馬車に乗せられた。

† † †

想像はしていたが、到着した先はレスターの自宅だ。

国内に名を馳《は》せる、猛き貴族。エフィンジャー公爵家は、屋敷に入ってすぐオフィーリアの生まれ育った家とはだいぶ違うことがわかった。まず、エントランスホールに見たことのない古代の武器らしきものが飾られている。あれは槍《やり》だろうか。飾り紐《ひも》の部分が色あせ、時代を感じさせた。

「あの、レスターさま、自分で歩けます」

下ろしてくださいと言外に伝えるものの、彼はまったく意に介さず階段をのぼっていく。

「靴も濡《ぬ》れていますので、部屋までこのままお連れします」

「部屋って、あなたのですか?」

「いいえ、あなたの部屋です」

オフィーリアの言った「あなた」はレスターであり、レスターの言った「あなた」はオフィーリアのことだろう。

だが、この時点でオフィーリアは完全に混乱した。なぜ、この屋敷に自分の部屋があるというのか。

「えっと……ちょっとわからない、のですが……」

「ご安心ください。私の部屋に連れ込むわけではありません」

——だったらよかったのかしら?

三階の突き当たりにある角部屋に運ばれたオフィーリアは、室内がいかにも女性の居室で安《あん》堵《ど》した。女性用の座面が広い椅子に下ろされて、やっと息を吐く。ドレスの裾から、ぽろぽろと乾燥した土がこぼれる。

「あっ! 椅子が汚れる!」

慌てて立ち上がろうとした足首を、床に片膝をついたレスターがそっと持ち上げた。

「汚してください。あなたのための部屋で、あなたのための家具です。オフィーリアに汚されるなら本望でしょう」

編み上げた靴紐《くつひも》を勝手にほどきはじめた彼は、黒髪をかすかに揺らしてこちらを見上げてくる。

はっとするほどに、美しい瞳。赤みがかった黒い目を、オフィーリアはほかに見たことがない。どこか退廃的で、どこか厭世的《えんせいてき》で。けれど、妙に生命力を感じさせる独特な目をした男だ。

「自分で脱げます」

「いけません」

——どうして？

眉間にうっすらしわを刻み、レスターを睨《にら》みつける。前髪の隙間からこちらを見上げる彼が、困ったように口をへの字にした。

「私の目の前で、あなたが靴を脱ぐ姿なんてあまりに扇情的です。ここで私のものになってくださるというのなら話は別ですが、やはり結婚後のほうが良いのではありませんか？」

「っっ……！」

一方的だ。こんなやり方も、彼の言い分も、すべて勝手でしかないのに、オフィーリアの心は翻弄されてしまう。

——この人、無表情で氷みたいに冷たくて、血も涙もない非情な騎士ではないの？　氷剣のレスターって、そういう意味だと思っていたのに。

両方の靴を脱がされて、絹の靴下までうっすらと濡れて汚れていたことに気づく。長い指が、オフィーリアのドレスの裾から入り込んできたとき、反射的に彼を蹴り上げそうになった。

「はい、おとなしくしてください。オフィーリア、あなたがお転婆なことはすでに知っています」

その脚を軽くいなして、レスターは靴下留めを器用にはずしてしまう。あとは靴下をくるくると脱がされて、普段異性の前では決して見せない足首までさらす格好だ。

「このままドレスも脱がせてさしあげたいのですが、さすがに私も自分の理性に自信が持てません。あとの着替えは、侍女に任せることにします」

「は、はい……」

いつもなら、絶対に文句のひとつも言う。なのに、どうして。

――わたし、この人の前では女の子みたいになっちゃう。

頬を赤らめ、目を伏せて、彼の顔を見られなくなって、息をひそめる。喉元まで心臓がせり上がってくるような錯覚に、オフィーリアは膝の上で両手をぎゅっと握りしめた。

ところで、着替えの準備ができているのはなぜなのか。エフィンジャー公爵家は、息子が三人のはず。確認するより先に、レスターが部屋を出ていってしまった。

入れ替わりでやってきた侍女三名が、ドレスを数着運んでくる。その中から気に入ったものを選ぶよう言われ、オフィーリアは自分の瞳と同じ色のドレスを指した。

まず、お湯の入った水差しと盥《たらい》が床に並べられる。着ていたドレスを脱がされ、足の裏から背中まで、丁寧にお湯で絞った布で拭き取られる。泥で汚れていたせいで、盥の中のお湯はすぐに濁った。エフィンジャー公爵家の侍女たちは働き者で、嫌な顔ひとつせずに新しいお湯を持ってくる。

「レスターさまの大切な方ですもの。当たり前です」

よほどオフィーリアの感情が顔に出ていたのだろう。いちばん年長の侍女が、こちらの考えを読んだ様子で微笑んだ。

「レスターさまは、慕われているのね」

「はい。公爵家の皆さまは、使用人にもとても誠実です」

——我が家の使用人たちも、こんなふうに職場に満足しているといいけれど……

着替えが終わるころには、汚れたドレスは片付けられ、床についた泥もモップで拭き取られていた。

「そちらの長椅子にかけてお待ちください」

「ありがとう」

さらに数名の侍女がやってきて、テーブルにお茶とお菓子を並べる者と、泥のついた椅子を運び出す者たちに分かれる。エフィンジャー家が武人の家というのもあるのだろうか。彼らの動きは、しっかりと統率がとれていた。

紅茶の香りが鼻腔をくすぐりはじめたころ、扉を丁寧にノックする音が聞こえてきた。

「失礼、オフィーリア。入ってもいいでしょうか」

「は、はい」

声の主は、レスターだ。丁重なもてなしにお礼のひとつも言わなければ——と思ったオフィーリアだったけれど、部屋に足を踏み入れた彼の表情を見て言葉に詰まる。

赤みがかった瞳の男は、氷剣の使い手とは思えないほどうっとりとした目でこちらを見つめてきた。その目はどこか夢見がちで、口元はかすかに開き、甘い吐息を吐き出している。

——熱でもあるのかと思う姿だけど……

「ああ、なんて美しいのでしょう。私の見立ては完璧でした」

どうやら、この青いドレスは彼が選んだものだったらしい。どんな経緯でレスターがオフィーリアのサイズにぴったりのドレスを購入したのかは考えたくない。

「……お褒めにあずかり、光栄です。レスターさまの用意してくださったドレスのおかげです」

「そんな他人行儀な呼び方はやめてください。私のことはレスターと」

「わかりました。ありがとうございます、レスター」

彼とふたりで向かい合って長椅子に座り、オフィーリアは本日二度目のティータイムを過ごす。

——なぜ、わたしのサイズを知っていたの？　なぜ、わたしのための部屋があるの？　なぜ、あなたはわたしに求婚したの……？

気になるけれど、何も聞けない。

「この冬は、雪が降りませんね」

「ええ。そうですね」

処刑当日が、初雪になる。

そのことを知っているのは、今の時点で自分だけだ。それすらもただの夢の可能性はまだ否めない。

「オフィーリアは、どの季節がお好きですか?」

「わたしは、夏が好きです」

「鮮烈で華やかな、あなたらしい季節ですね」

季節や天気といった、当たり障りない会話が続く。自分らしくない、とオフィーリアは思うけれど、では自分らしさとはなんだったろうか。

オフィーリアはずっと、おとなしいクローディアと違って、跳ねっ返りで、男性相手にもずばずばものを言って、夜会でも男性と話すより女性の相談に乗ってばかりで、このままでは一生結婚できないのでは、と両親から心配されていた。きっと相手がレスターでなければ、こんなふうにおとなしくうつむいてなんていない。

――わたし、ほんとうにどうしてしまったのかしら。

もしかしたら、断首刑の記憶のせいで気が弱くなっているのかもしれない。

オフィーリアはそう自分に言い聞かせた。

† † †

さて、その後のほうが一大事だった。

何しろ、これまで浮いた噂のひとつもなければ、社交界で美女ともてはやされているのに求婚されたこともないオフィーリアが、騎士団副団長でありエフィンジャー公爵家の三男であるレスター・クウェイフに自宅まで送られてきたのである。

「やったな、オフィーリア!」

目をきらきらさせる兄が、オフィーリアの背中をバンと力強く叩《たた》く。

「痛いわ、お兄さま!」

睨みつけても、まったく相手は気にしていない。

「おめでとう、オフィーリア。あなたを聖女として神殿に送り出すべきか迷っていたけれど、無事に縁談にこぎつけそうね」

四十を過ぎても無邪気な少女のような笑顔の母が、肩に手を置いてくる。

「あの、お母さま。わたし、神殿に追いやられるところだったの……?」

返事はない。しかし、母は女神エンゲの神殿に縁ある一族の次女だ。

実際、伯母は長らく神殿の聖女を務めていた。

「やれやれ、エフィンジャー公爵の令息が娘婿とはな。ますます政治がはかどるというものだ」

父にいたっては、一足飛びに結婚後の政治を考えはじめている。

――みんな、気が早すぎるのよ！　わたしが結婚したら、寂しくなるとか思わないの⁉

レスターは、玄関先まで出てきた父に礼儀正しく頭を下げた。そして堂々と、

『レスター・クウェイフと申します。後日、あらためてオフィーリア嬢への求婚をさせていただくつもりです。どうぞお見知りおきを』

騎士団副団長らしい毅然《きぜん》とした態度で予告をして帰っていったのだ。結果、家族は今にも宴をはじめそうなほどの喜びようである。

――わたし、まだ結婚するなんて言ってないんですけど！

とはいえ、貴族の娘たるもの家のために結婚するのは当然だ。オフィーリアだって、そういう教育を受けてきた。レスターは三男ではあるが、この先、騎士団の団長までのぼりつめる可能性が見えている。オフィーリアの嫁ぎ先として、両親が反対する理由はなかった。

「あら？　オフィーリア、あなたそんなドレス持っていた？」

「っっ……！　わたし、疲れたからもう部屋に戻るわ。まだ正式に求婚されたわけではないんだから、勝手に喜ばないでね！」

逃げるように階段を駆け上がり、自室の前で侍女のミリアムと別れる。お茶を準備するか確認されたが、すでに今日は二回もティータイムを過ごしたあとだ。これ以上、飲み物ばかり腹に入れては具合が悪い。オフィーリアは侍女に断りを入れ、居室に戻ると扉を背にして大きなため息をついた。

――結局、ディアの悪い噂についてはあまり詳細を聞けなかったわ。

半日が過ぎて、今朝の記憶がただの悪夢にも思えてくる。しかし、指腹で喉に触れてみると、ぞくりと肌が粟立《あわだ》った。あれは、夢なんかではない。自分の首は、完全に斬り落とされたのだから。

「……ディア」

レスターの用意してくれていた青いドレスのまま、オフィーリアは書き物机に向かう。紙とインクを取り出して、思い出せる範囲の処刑前のできごとを時系列に書き出すことにした。そこに、何かヒントがあるかもしれない。と、書き出してはみたものの、

――さっぱりわからない。

そもそも、なぜクローディアが処刑されなくてはいけないのか。その罪状の部分をはっきりと思い出せないのだ。王妃が断首刑になるということは、かなりの理由があったはずだというのに。

『クローディアが断首刑だなんて、どうして⁉』

脳裏に、母の悲痛な声がよみがえる。

『わたしのかわいいクローディアが、いったいどんな罪を犯したというのです！　あの子が国を裏切るだなんて、そんなことあるものですか！』

『落ち着きなさい。これはもう決定されたことなのだ。あの子は王妃として、許されない罪を犯したのだから』

——もしかしたら、お父さまはディアに着せられた罪を知っていたのかもしれないわ。

今朝、目が覚めるまで。

オフィーリアのいた世界では、たしかにクローディアの死を悲しむ家族が存在していた。レスターに送られて帰ってきた自分を、あんなに明るく迎える姿とは違う。嘆き、悲しみ、苦しみ、涙をこぼし、ハーシェル公爵家の誰もがうつむいていた。

「わたしが時間を遡っているというのなら、もしかしてほかにも同じように未来を知る人はいないのかしら」

ペンを手につぶやいて、オフィーリアは自分の書いた文字に視線を落とす。

おそらくいないのだ。

そう思う理由は、直感だけではない。もしも誰かがクローディアの死ぬ未来を知っていたとしたら、その人物は間違いなく彼女を救うために動いているはずだ。クローディアというのは、そういう娘である。彼女のために何かしてあげたいと、人に思わせる。誰もが、彼女の笑顔を見たいと願うのだ。女神に愛され、家族に愛され、王に愛され、民に愛される。妹のことを、オフィーリアは誇りに思って生きてきた。

――だから、ディアの死を予感する者がいれば、かならず彼女を助けるはず。

そんな動きは、周囲にない。誰もが愛するクローディア。そして、オフィーリアの愛するたったひとりの妹であり、魂を分け合った双子。

――あの子を死なせるわけにはいかないわ。

理由はわからないが、オフィーリアはもう一度今をやり直す機会を得たのだ。あるいは、女神がクローディアの死を嘆き、オフィーリアに使命を与えたのではないだろうか。

――けれど、もしもまた同じ未来がやってきたら、そのときは、もう一度わたしが……

そう考えて、ぶるっと大きく体が震える。ギロチンの刃が落ちてくるときの、風を切る音がうなじのうしろで響いた。あの瞬間の恐怖と絶望を、今もはっきりと思い出せる。そして――

「誰かの、声」

たしかに聞いた。恨みに濁った、低い呪いの言葉を。

『無実の罪で死ぬのは虚しかろう』

『王妃クローディア、これは報いだ。貴様の、そして王の受けるべき報いが刃となって落ちてくる』

罪人を殺せと叫ぶ民衆とは、あきらかに違っていた。声の主は、王妃が無実であることを知っていたのだ。

――誰かが、ディアに悪意を向け、陥《おとしい》れた……？

だとすれば、クローディアを救う方法はかならずある。黒幕を見つけて、問題を解決するのだ。その人物の考える報いというのが、いったい何に対するものなのか、今のオフィーリアにはわからない。

「だけど、絶対にディアを殺させはしないわ！」

窓の外、空は夕暮れの色に染まっていく。まだ雪は降らない。前周でもそうだったのだから、二月二十日までレイデルド王国に雪が降ることはない――

† † †

やるべきことを整理したいところだが、情報が少なすぎる。翌日、オフィーリアはまず最初に手紙を一通書いた。宛先はレスター・クウェイフだ。

それから数日後の、昼過ぎ。調べ物をして疲れたオフィーリアは、寝台で午睡を貪っている。おりしも朝から冷たい冬の雨が降る午後に、階段を上る重い足音で目を覚ました。

ドンドンドン！

ミリアムのノックとは違う、叩きつける拳に眉根を寄せる。

ドンドンドン、ドン！

「オフィーリア！　起きているか！」

──お父さま？

のろのろと寝台から起き上がり、室内履きに足を入れた。

「なあに、お父さま。そんな乱暴に……」

扉を開けると、沸騰する湯のように熱い息を吐く父が立っている。

「なあに、ではない！　おまえ、縁談を断ったというのはほんとうか⁉」

──ああ、その話ね。

あくびを噛《か》み殺《ころ》して、オフィーリアはうなずいた。レスターには書面で丁重に断りを入れた。

今、オフィーリアがすべきは結婚ではなく黒幕探しだ。

魂を分け合った、ただひとりの妹が無実の罪で殺されてしまうかもしれないというときに、のんきに結婚話なんてしていられるものか。

「お父さま、お怒りになるのもわかるけれど、わたしにはやるべきことがあるの」

「バカなことを言うんじゃない！」

当然ながら、父はオフィーリアの意見を退けようとした。

貴族令嬢として生まれ育ったからには、年ごろになればよりよい家柄の男性と結婚するのが何より重要だ。ほかに優先すべきことなどありはしない。それが真実かどうかは別として、多くの貴族がそういった考えを持っている。オフィーリアの父であるハーシェル公爵だって同様だろう。

「おまえのすべきことは、エフィンジャー公爵家に謝罪することだ。私も頭を下げる。すぐに準備をしなさい」

「お言葉ですけれど、突然行ったら迷惑じゃないかしら」

「門を開いてもらえるまで、寒空の下で何時間でも待つ覚悟が必要なんだ！」

そんなお涙頂戴なやり口は時代錯誤だと思うものの、父の言いたいことだってわかる。

——だけど、そんな時間はないわ。わたしが謝罪している間に、ディアがどうなってしまうか。

両脚にぐっと力を込めて、オフィーリアはまっすぐに立つ。

「それに今、陛下に——」

「いいえ、お父さま。わたしには、ほかにやることがあります」

父の言葉を遮って、はっきりと言い切った。

「なんだと？」

心のすべてを目に賭して、父に向かって牙をむく。

「放っておいたら、命にかかわる問題なの！」

オフィーリアの剣幕《けんまく》に、父が怯むのがわかった。そのくらい、今のオフィーリアは真剣だ。

何も、ふざけてレスターの求婚を断ったわけではない。自分の、そして命よりも大事な妹の、未来がかかっている。

「命って、おまえ、そんな大げさな……」

「大げさなんかじゃないわ。ディアの、そしてわたしの命にかかってるのよ。それとも、お父さまは娘が死んでもかまわないって言うの!?」

「それは困る。当たり前だろう。私のかわいい娘たちが……」

言いかけて、父が眉根を寄せた。

「いや、そんな話ではない。オフィーリア、煙《けむ》に巻こうとしても無駄だ」

「いや、じゃないの！　これだからお父さまはわかっていないのよ！」

淑女らしさのかけらもなく、オフィーリアは父の脇をすり抜けて廊下に出る。

「待ちなさい、オフィーリア！」

「待ちませんっ！」

うしろを向いて叫んだオフィーリアの体が、どん、と何かに——いや、誰かにぶつかった。

——誰よ、こんなところに突っ立って！

ぎろりと睨みつけた先には、予想外の人物が立っていた。

「レ、レスター・クウェイフ……？」

敬称も忘れて彼の名を呼びながら、青い目を大きく見開く。長身に艶《つや》やかな黒髪の彼は、先日会ったときの騎士団の団服ではなく、今日はフロックコートをまとっている。首元には優雅なクラヴァットを巻き、両手に白い手袋を着用するその姿は、若き清廉な貴族令息そのものだ。

「お待ちしていました、オフィーリア」

「なっ……」

――どうして彼がうちにいるの⁉

無表情ながらも、レスターの目は優しい。同時に優しさを感じさせながら、彼は何を考えているかわからないところがある。

「応接間で待たせていただいていたのですが、どうしてもあなたに会いたくて部屋を教えてもらいました」

レスターの背後で、ミリアムが気まずい表情でこちらを見ていた。侍女が簡単にオフィーリアの部屋の場所を教えるとも思えない。おそらく、レスターはミリアムが根負けするほど執拗《しつよう》に問い詰めたのだろう。

――そういえば、先ほどお父さまは階下がどうとか言いかけていたわ。あれは、レスターが来ていることをわたしに伝えようとしていたのね。

「お待たせして申し訳ない。娘もレスターどのと話をしたいと申しておりますので……」

父のごまかしの言葉に、オフィーリアは眉を吊《つ》り上げる。

「縁談はお断りしたはずです」

きっぱり言い切ると、男性ふたりがそろって目を瞬《しばたた》いた。

「オフィーリア⁉」

「何度も申していますが、わたし、今は結婚なんてしている場合じゃないんです！」

妹の、そして自分の命にかかわる問題と直面しているかもしれないのに、将来設計なんてしている余裕はない。

――あれがただの夢ならいいけれど、そうじゃなかったときの対策を考えないと。

「なるほど、今、あなたは縁談以上に深刻な問題をかかえていらっしゃる。その認識で間違いありませんか？」

「え、ええ、そうです」

レスターは理解が早い。

そう思ってから、ほんとうに理解してくれているなら手紙で納得してくれたはずでは、と首を傾《かし》げる。

「では、その問題を解決するのに協力します」

――え？　レスターが？　なんで⁉

どんな問題かも知らぬまま、レスターが無表情にうなずく。

「そうすれば、あなたは私との縁談を考えてくださる。そういうことで間違いありませんね？」

「え、あの、それは……」

言《い》い淀《よど》んだオフィーリアの横から、父がずいと身を乗り出した。

「ありがとうございます！　副団長どの！」

――お父さま、騎士団副団長の肩書きに目がくらみすぎているんじゃないかしら。

しかし、この国にたった三本しかない三大宝剣の一本をいただく騎士となれば、誰もが一目置くのもわからなくない。

まして、縁談のエの字もなかったオフィーリアに、降って湧いた求婚者なのだ。

「いかがですか、オフィーリア。あなたの言葉で、私に答えをください」

「わたし、は……」

国内きっての騎士で、親類縁者も国政にかかわるエフィンジャー公爵家の息子。

それだけで、レスターに協力してもらいたいと思う気持ちはある。

――だけど、解決したら結婚って本気なの？

赤のにじむ瞳は、まっすぐにオフィーリアを見つめている。事情はどうあれ、彼が自分との結婚を真剣に考えていることだけは伝わってきた。

「オフィーリア、レスターどのを逃せば、おまえに縁談などない。この方こそ、我が家の救世主だとわかっているのか？」

「そこまで⁉」

オフィーリアとて、たしかに少々気が強く自分の意見がはっきりしていて、なんなら異性とダンスのひとつもろくに踊ったことがなく、そろそろ嫁き遅れといわれておかしくない年齢に差しかかりかけてはいるけれど、父親の言い分には異論もある。

——わたしはそこまで悲惨な立場ではないわ!

だが、縁談はあとで断ることもできる。まずは、クローディアを救わなければいけない。何よりも、それが先決だ。二カ月で妹の命を救うことはできても、結婚式まではたどり着かない。

オフィーリアは、真剣に考え込んだ。

「ハーシェル公爵、オフィーリアに求婚する男は、すべて私が闇に葬りますのでご心配なきよう」

「い、いえ、レスターどの、それも困ります。オフィーリアが嫁き遅れては、王妃となった妹の立場がありません」

「私以外の男に、求婚などさせませんよ」

ふ、と口角を上げたレスターは、目が据わっている。

——おかしな人。だけど、この人はどうしようもなく美しい。とりあえず、それだけはわたしにもわかるわ。

美貌の騎士は、寡黙で氷のような人物だと噂に聞いていた。だが、目の前のレスター・クウェイフは、たしかに氷を思わせるまなざしでありながら、その瞳は熱をたぎらせている。すべらかな白い肌に、細く形良い鼻梁《びりょう》。目の下にかすかなくまが見えるのが玉《たま》に瑕《きず》だが、それすらも仄暗《ほのぐら》い魅力のひとつと言われればそれまでだ。

「オフィーリア、あなたに選択を委ねます。私を、あなたの問題を解決するための協力者にしていただけませんか？」

思うところは諸々《もろもろ》あれど、今はこの手を取るよりほかにない。小さく深呼吸をして、オフィーリアはレスターをまっすぐに見つめ返す。

「わかりました。まずはご助力をお願いします、レスター」

差し出された白手袋の右手に、そっと自分の手を重ねる。彼は唐突に、目尻を下げた。

「ありがとう、オフィーリア」

それを見ていた父も侍女たちも、家令も、一斉に息を呑むのがわかった。もちろん、オフィーリアも例に漏れず呼吸を忘れる。

どうしようもなく美しく、行動原理に謎をかかえる美貌の騎士が、オフィーリアの仮婚約者となった瞬間だった。

† † †

「だから、まずはクローディアの周囲でジェライア王国とかかわっている者を洗い出すところから――」

女性にしては落ち着いた彼女の声音が、好きだ。レスターは、書き物机に向かう彼女の横顔を見つめてうなずく。

話はしっかり耳に入っている。ただし、心がどこを向いているかといえば、彼女の語る王妃の冤罪問題ではない。

――あの傷、だ。

ペンを握る彼女の右手首を見つめて、レスターは心臓を締めつけられる感覚に息を止めた。

知っている、傷跡。

白く柔らかそうな手首の内側に、残ってしまったその傷は、レスターがオフィーリアを初めて見た日につながっている――

あれは、八年前の春だった。

「いや！　こないで……！」

少女のか細い声が聞こえて、騎士団に入団したばかりの新米騎士レスターは、氷剣レイディンガーに手をかけた。

半年前、宝剣はレスターを選んだ。剣の使い手となれるかどうかは、人智《じんち》を超えた事由によって決まる。簡単にいえば、賄賂も人徳も剣技も関係なく、ただ剣が自分を振るう人間を気に入るかどうかによって決定されるのだ。

最後の大戦以降、三十年ほど使い手を拒絶しつづけた氷剣レイディンガーは、騎士団入団と同時に行われる試しの儀で、レスターの手が柄に触れた瞬間、光を放った。

宝剣には神が宿る。レスターは神を見たことがないので、それが事実かはわからない。ただ、自分が選ばれた。そして、レスターは氷剣の使い手となった。

とはいえ、新米騎士がいきなり活躍できるほど、レイデルド王国は戦いに憂えてはいない。レスターが生まれる十年以上も前に大戦は終結し、騎士団の主な任務は王宮警備と国境警備とされている。新人には街の見回りも重要な任務だ。

その日、レスターは相棒である先輩騎士の腹痛により、ひとりで教会通りを歩いていた。王都の南端にある教会から商店街へ続く坂道は、左右を森に囲まれているため、野生の動物が人を襲うことがある。

——宝剣を使って、戦う相手が獣というのもな。

教会通りを商店街に向かって下っていくと、道の先から悲鳴が聞こえてきた。何ごとかと駆けていくと、視線の先に奇妙な光景が広がる。

「リア、にげて、おねがい」

木の根元にしゃがみ込んだ金色の髪の少女が泣いていた。そして、同じ顔、同じドレス、同じ金髪に同じ青い瞳の少女が、木枝を構えて野犬を睨みつけているではないか。

――同じ顔の少女が、ふたり？

一瞬、自分がおかしくなったのではないかとレスターは手の甲で目をこする。しかし、おそらく彼女たちは双子といわれる姉妹だと気づいた。今まで身近に見たことはないけれど、同時にふたりの赤子が生まれてくることがあるという。そして、そのふたりは驚くほど顔立ちが似通っていて、魂を分け合って生まれてくる者と言われるのだ。

神なんて信じていなかったレスターだが、たしかにこの世には不思議なことが起こる。宝剣の存在しかり、同じ顔の双子しかり。

「だいじょうぶ、わたしはつよいから。心配しないで、ディア」

木枝を握る少女は、恐怖に青い目を瞠《みは》っている。金色の睫毛《まつげ》が、瞬《まばた》きするたび音を立てるのではないかと思うほどに長くびっしり生《は》え揃《そろ》っていた。

わたしはつよいから。

彼女はそう言ったが、声も脚も震えている。

「お嬢さま！　いけません！」

侍女か乳母か、年配の女性が遠巻きに声をかけた。助けに入るには、野犬の牙は鋭い。

――だからといって、あんな小さな子どもを助けない理由はない！

剣に手をかけ、レスターは少女と野犬の間に割って入ろうとする。

しかし、それよりも早く野犬が動いた。

「グルルルルッ！」

「！　わたしは……まけないっ」

十歳くらいの少女が、ぶるぶる震える両手で木枝をきつく握る。

飛びかかる犬の口から、唾液が散った。

氷剣を閃《ひらめ》かせ、レスターは少女の体を左腕で抱き寄せる。

「えっ……」

「下がっていなさい。危険です」

末っ子のレスターは、子どもの重さを知らなかった。

――軽い。軽すぎる。

魂を半分に分けて生まれてきたからといって、体重までも半分ということはないだろう。

金色の髪の少女を抱き上げたとき、その軽さになぜか泣きたい気持ちがした。

けれど、そんなことを言っている場合ではない。氷剣の煌《きら》めきは、野生の獣を怯《おび》えさせるのにじゅうぶんだった。そもそも森で生きる動物たちは、自分と相手の力量の差を本能で見分けている。幼い少女相手ならまだしも、剣を構えた騎士相手に戦いを挑んでくるほど愚かではないのだ。

「ギャンッ！　ギャンッ！」

二度、高い声で吠《ほ》えると、野犬は森の中へ逃げていく。

かすかな安堵に、レスターは息を吐いた。

騎士として生きる決意はできていても、言葉の通じない獣を斬るのは気が重い。人間相手よりはマシだが、それでも無益な殺生をしたくはなかった。レスターのそういう考えを、ふたりの兄たちは「臆病者だ」と笑う。

「っっ…………」

背後で、何かをかみ殺すような息遣いが聞こえ、少女のことを思い出した。

「オフィーリアさま、クローディアさまっ」

脚をもつれさせながら、彼女たちの侍女と思《おぼ》しき女性が双子に近づく。

「メアリ、わたしはいいから、ディアを」

「かしこまりました」

木枝を握る少女がそう言うと、侍女はもうひとりの泣いている少女を抱き上げた。

「もう怖くありませんよ。馬車に戻りましょう。オフィーリアさま、すぐに迎えにまいりますから、動かずにお待ちくださいませ」

「わかったわ」

気丈な娘だ。最初はそう思ったけれど、彼女が一歩も動けずにしゃがみ込んでいるのを見て、レスターは考えをあらためた。

——この子は、双子の姉妹を守るために無力ながらも戦おうとした。そして今も、姉妹が先に馬車に乗って安心できるまで、ひとりで恐怖に耐えている。

「きみは、オフィーリア? それともクローディアというのかな」

「わ、わたしはハーシェル公爵の娘でオフィーリア・オルブライトです。たすけてくれてありがとうございます、騎士さま」

ぱき、と小さな音がして、彼女が手にしていた枝が折れる。

細い指と、細い枝。

そのどちらも、あまりに儚《はかな》く見えて、レスターは地べたに片膝をついた。

「とても勇敢でした。けれど、野生の動物に立ち向かうのは淑女のすることではありません」

「だっ……だって、わたしがたたかわなきゃ、ディアが、妹が……っ」

ずっと気を張っていたのだろう。オフィーリアと名乗った公爵令嬢は、唇を歪ませ、ぼろぼろと涙をこぼした。

その涙があまりに透明で、景色のすべてが色を失う。

彼女だけが、色づいて見えた。

なんと尊い涙だろうか。

双子の片割れを守るため、少女は自分を奮い立たせていた。身の危険を知りながら、木枝一本で野犬の前に立ちはだかったのだ。

「手首に傷ができていますね。痛くありませんか?」

小さな手をつかむと、少女は驚いたように目を見開く。まなじりから、まだ涙がこぼれてくる。

「どうしよう……！」

それまでとは違う、困ったような声で彼女が体をこわばらせた。

「きっ、傷ができたら、お嫁にいけないっておとうさまがっ」

「傷……」

「わたし、いつも走り回って遊んでいて、おとうさまに、ダメだって、けがしたらお嫁のもらい手がいなくなるって……」

なるほど、元気のいい公爵令嬢はおとなしくするため親からそう教えられたに違いない。

レスターはハンカチを取り出し、彼女の手首にそっと巻いてやった。枝の端で切ったのだろう。大きな傷ではないけれど、手首の内側の柔らかい皮膚は傷跡が残りやすい。

「このくらいの傷ならすぐに治りますよ。あなたは若いから、特に」

「ほんとう？」

「ええ、ほんとうです」

うなずいたレスターに、少女が涙目で笑いかけてくる。

「ありがとう、騎士さま！」

幼い少女には、聖性がある。まして、彼女は自分を犠牲にしても他人を守ろうとする人だ。

年下だからといって、尊敬しない理由はなかった。

——そうか。私は彼女の人柄に敬意を覚えたのか。

人間性だけではない。気丈な瞳と、泣き出したときの幼さと、そしてすぐに笑う強さ。オフィーリアの感情豊かな部分にも、レスターは尊敬の念を抱いていた。

男兄弟で育ったこともあり、泣いたり笑ったりする女性に馴染《なじ》みがなかったというのもある。

「もし、傷が治らなかったら」

言いかけて、自分を疑った。

——今、私は何を言おうとした？　傷が治らなかったら、結婚してあげる、とでも？　こんな幼い少女を相手に……？

自身の言葉に驚愕《きょうがく》し、レスターは言葉を呑み込む。その姿を見て、少女は不安げに瞳を揺らした。

「治らないの……？」

「いえ、そうではありません。ただ、もし傷跡が残るようでしたら、よい傷薬を作る薬師を知っていますので、相談してください」

「ほんとう⁉」

「はい、ほんとうです」

再度明るい表情になったオフィーリアが、「騎士さまって優しいんですね」と頬を緩める。

そこに、先ほど双子の片割れを馬車に連れて行った侍女が戻ってきた。侍女だけではなく、馬車の姿も見える。

「オフィーリアさまー、ご無事ですかー？」

「メアリ！」

立ち上がった少女が、レスターにぺこんと頭を下げた。

「わたし、かえります。騎士さま、さようなら」

「お気をつけて」

もう、野犬に立ち向かったりしてはいけませんよ。

そう言うと、彼女は笑ってうなずく。太陽のようだ、とレスターは思う。

怯え、泣き、笑い、走り去る彼女のうしろ姿を見送って、氷剣を鞘に戻した。

帰り道、彼女がもしも自分のもとに傷跡が残ったと言いに来たときのため、レスターは薬師に傷薬を注文した。

しかし、以降八年間、オフィーリア・オルブライトがレスターを訪ねてくることはなかった。

あの出会いの日以来、レスターは毎年傷薬を調合してもらっている。

今年こそ、彼女が会いに来てくれるのではないか。なぜもう一度会いたいと思うのかはわからない。

ハーシェル公爵の令嬢と知っているのだから、会おうと思えば会うこともできる。だが、自分から会いに行くことはしなかった。

翌年に社交界デビューを控えたオフィーリアと、双子の妹のクローディアは、すでに貴族令息たちの間で噂の美少女だ。

幼かった少女のおもかげはそのままに、ふたりは美しく成長した。勝ち気で芯の強いオフィーリアと、たおやかで優しいクローディア。

社交界にデビューするまで、結婚の年齢ではないという考えがレイデルド王国には根ざしている。しかし、誕生日を迎えた双子のもとに、ジェイコブ陛下から縁談が持ち込まれたという話が聞こえてきた。

それまで、レスターはオフィーリアを恋愛対象として見ているわけではないと思っていた。

そもそも出会ったときの彼女は十一歳だったのである。幼い少女を相手に、恋愛も何もあったものではない。

けれど、彼女が王妃になるかもしれないと知ったとき、心臓に錐《きり》を突き立てられるような鋭痛を感じた。長く彼女のことを見守る間に、レスターの心はオフィーリアで満たされてしまったのだ。

クローディアが王妃となることが発表されたときには、心底ほっとしたのを今でも覚えている。

そしてレスターは順調に騎士団内で出世し、二十四歳にして王の警護という重要な役目をもらった。

迎えた、ジェイコブ陛下の四回目の結婚式。

花嫁衣装に身を包んだクローディアは、オフィーリアと瓜二つだった。

結婚式当日、レスターはハーシェル公爵一家の近くに警護として立っている。小隊長となった自分に気づくことなく、オフィーリアは式典に参列していた。皆が祝福ムードの中、オフィーリアだけは目を赤くして王を睨みつけているのが印象的だ。

——まさかとは思うが、謀反のくわだてでもしているのか？

疑念から彼女をマークしていたレスターだったが、幸せそうな双子の妹を見て透明な涙をひとつぶこぼす姿に、そうではないと思い知る。

オフィーリアは、父親ほども年の離れた国王のもとに嫁ぐ妹を心配しているのだ。いや、心配なんて言い方ではぬるい。魂を分け合った妹を奪われることを、怒っているのかもしれない。

幸せそうな国王夫妻を見つめるその瞳は、あまりに美しかった。

——私は、彼女に恋をしている。

自分の感情をしっかりと自覚したのは、そのときのことだ。

帰り際、オフィーリアの手から何かが落ちた。足元まで転がってきたそれは、銀の指輪である。奥歯をきつく噛み締めて歩いていく彼女は、自分の落としたものにも気づいていないようだった。

――呼び止めて、わたさなければ。

そう思いながらも、レスターは彼女に声をかけることができなかった。彼女のものを、何かひとつ持っておきたい気持ちだったのかもしれない。あるいは、それを理由に後日オフィーリアのもとに届けにいくという考えもなかったわけではない。

恋をしたと気づいたからには、その想いの成就を願うのが人間だ。レスターも例に漏れず、オフィーリアとの恋愛成就、つまりは結婚のための準備をはじめた。

目標達成のためには、情報の精査から。これは、騎士団に入団して教わったことである。

オフィーリアとの結婚のために、レスターがすべきことは彼女とその周辺人物の調査だ。まず最初に、彼女の現状を調べたところ、早くもふたりの結婚をはばむ問題が発生していることを知る。

オフィーリアの母方の実家が、彼女を聖女として宮殿に迎えようとしていたのだ。驚くべきことに、オフィーリアの母親は、女神エンゲに連なる家系の出だった。女神エンゲはこの国に伝わる神話の中でも人気のある存在だ。

神殿で神に祈る未婚の女性を、聖女と呼ぶ。役職こそ聖女ではあるが、特別な能力を有するわけではない。ただ、聖女として仕える間は結婚を許されない。これは、レスターにとっては大問題だ。ほかの男が彼女に求婚する懸念はなくなるが、自分も求婚できなくなってしまう。

そこで、オフィーリアを神に奪われぬよう、女神エンゲと縁があり、聖女にふさわしい人物を探すことにした。聖女の血統を遡ると、オフィーリアの母の大叔母にあたる人物が家を出て結婚していたことが判明する。その孫娘が仕事を探していると聞き、彼女を宮殿に紹介したところ、すぐさま聖女として入殿《にゅうでん》が決定した。

神殿には、常に聖女が必要なのだ。無事、オフィーリアは聖女候補からはずれ、そのことが貴族たちの間でも話題になる。

すると今度は次なる問題があらわになった。

王妃の姉でもあるオフィーリアには、ただの貴族令嬢というだけではない付加価値がついてしまったのである。まして彼女はたいそう美しい。社交界デビューと同時にオフィーリアに求婚するつもりだと豪語する者が次々に現れた。

求婚など自由にさせておいては、彼女に手間をかける。なんなら、自分以外の男がオフィーリアに求婚することさえ、レスターは許せなかった。

その結果、ひとりひとりを決闘で倒せばいいという結論にたどり着く。表立ってのことではない。ほぼ闇討ち的なやり方で、レスターは順番に全員を倒して回った。

オフィーリアに恋い焦がれる者も、彼女の家柄を狙う者も、王族とのつながりを欲する者も、すべて平等に打ち負かす。

男同士は話が早い。負けた者には求婚の権利がないと、互いに理解が及ぶ。運良く、レスターには剣の腕があった。これで彼女に近づく悪い虫は排除できた。

いざ、愛しい彼女に求婚を。

そう思ったとき、今度は自分が彼女にふさわしいかどうかが気がかりになってくる。たしかに公爵家の令息ではあるレスターだが、三男という立場上、爵位を継ぐ可能性は限りなく低い。ならば、武勲をあげて、騎士団長になるのがわかりやすいのではないだろうか。オフィーリアに求婚を考える者たちを、継続してひそかに裏でなぎ倒しつつ、レスターは自身を鍛えた。

幸いにして氷剣の使い手ということもあり、出世は早かった。トントン拍子に副団長まで登りつめ、レスターは気づく。

――どうやらすぐに団長になるのは無理だ。今の団長がその座を退くまでは……

王の従兄弟である現騎士団長は、四十五歳。あと十年は代替わりもなく、退団まで団長を務めることになるだろう。

さすがに十年も待つわけにはいかない。

レスターは二十七歳になり、オフィーリアは十九歳になっていた。結婚適齢期の、真《ま》っ只中《ただなか》である。いずれ団長にまで出世する気概はあるということで、そろそろ彼女に求婚してもいい頃合いだと判断した。可能性の未来を評価してもらえるよう、説得する自信はある。

やっと、出会えた。彼女こそが運命の人だ。絶対に離しはしない。

そして、ついに求婚を果たし、初めて彼女と仮婚約者としてかわした会話は――

「わたしの妹のクローディアが、二月二十日に処刑されるの」

「…………」

実に不穏なものだった。

オフィーリアは真剣な顔をしているが、レスターは返答に詰まる。妄言とも思ったが、愛しい人は本気でそう思っているようだった。

王妃クローディアが無実の罪で処刑されるというオフィーリアの発言は、たしかにほかの誰かに聞かせられるものではない。なんとか自分が手伝うことで、問題を解決しなければ。

話を聞けば、クローディアを陥れようとしている人物がいるという。民衆から愛される王妃を処刑に追い込んで、この国をどうしようというのか。騎士団副団長としても、見逃せることではない。

オフィーリアと協力し、ふたりは年末年始を黒幕探しに費やした。が――

一月の半ば、王妃は投獄されてしまった。クローディアを溺愛する王は、あまりの悲しみに病に伏したほどだ。

ほうぼう手を尽くした。できるかぎりのすべてをやった。

無慈悲にも、投獄から約一カ月後、二月十八日に、クローディアの処刑は告示された。

レスターがオフィーリアと内通していることは、今のところ誰にも明かしていない。それでも騎士団副団長である自分の耳に入らなかったということは、よほど内密にことが進んでいた証左だ。

無論、処刑には専門の機関がある。騎士団が執り行っているのではないのだから、レスターのところに情報が下りてこないのも当然といえば当然だ。

――それでも、噂のひとつすら聞こえてこないのはおかしい。

王妃の罪は、他国に――それもジェライア王国にレイデルドの情報を売った、密通の罪だった。

「どうして！　クローディアが密通なんてしているわけがないじゃない！」

「落ち着いてください、オフィーリア」

「落ち着けるはずないでしょう？　わたしの、たったひとりの妹なのに！」

半刻ほど、オフィーリアは取り乱した。

そして、彼女の感情が死んでいく。

笑い、泣き、怒り、悲しみ、人間らしい感情を持っていた彼女は、だんだんと静かに心を殺していくように見えた。

しかし、翌日。

彼女を心配してハーシェル公爵家を訪れたレスターは、昨日とは打って変わったように迷いのない目をしたオフィーリアに戸惑う。

「大丈夫。一度だけなら、ディアを助けられる」

「オフィーリア？」

「レスター、昨日は取り乱してごめんなさい。この二カ月、手を貸してくれてありがとう。あなたの望みに応えられなくてごめんなさい」

離れていた一夜で、何があったのだろう。どれほど尋ねても彼女は教えてくれなかった。

――何かがあったのは間違いない。だが、今の彼女に影響力を持つ誰かとは、いったい誰だ？　あるいは、オフィーリアは自分で道を切り拓《ひら》いたのか？

答えはわからないまま、その日の夜にオフィーリアは失踪した。

彼女の両親から連絡があり、ハーシェル公爵邸に駆けつけたレスターは、前夜の出来事を聞く。処刑の日時が決まった夜、国王から秘密の使者がオフィーリアのもとへやってきたそうだ。彼女はその使者とともに王宮へ向かい、夜遅くに帰宅したという。

罪人の姉であるオフィーリアには、クローディアへの面会すらかなわない。もとより、投獄された王妃との面会は親きょうだいすら許されていなかった。

「おそらく、陛下は最期の御慈悲《おじひ》として、オフィーリアをクローディアに会わせてくださったのではないかと思っていたのですが……」

魂を分け合った双子の妹を、失う。

レスターには、どれほどの苦痛か彼女の気持ちをわかるとは言えない。この二カ月をともに過ごし、オフィーリアの愛情深さをひしひしと感じていたのに。

とにかく、愛する女性は消えた。

明日に妹の処刑を控え、オフィーリアはレスターの目の前からいなくなってしまった。

一晩中、血眼になって彼女を探した。

——まさか。そんなはずがない。しかし、彼女は言った。一度だけなら助けられる、と。

なぜ一度だけなのか。

その理由を考えたくはない。

だが、どうしてもわかってしまう。

同じ顔をした、ふたりの美しい公爵令嬢。

その片方を救うために、できること。

普通に考えてありえないことだとしても、王が協力したならば、あるいは——

処刑当日になってもオフィーリアとは会えずじまいで、レスターは目の下にひどい隈《くま》を作って広場へ向かった。

——駄目だ、オフィーリア。あなたがいなくなってしまったら、私は……

そして、ついに時は満ちた。

王妃クローディアが、処刑台にのぼる。

その姿を見て、レスターは息を呑んだ。

絶対に起こってほしくなかった想像が、現実となった瞬間だった。

簡素なドレスの袖口から、白い手首が覗《のぞ》く。手首には、小さな小さな、昔の傷跡が残っていた。

──あれは、あの傷は……！

右手首の小さな傷跡。

処刑台に立つ青白い顔の女はクローディアではなく、オフィーリアなのだ。

オフィーリアにはないはずのほくろを付けて、処刑台の彼女が天を仰ぐ。

──なぜあなたが！

「オフィーリア！」

喉が張り裂けんばかりの声で叫ぶ。

「オフィーリア！　オフィーリア、なぜッ」

彼女が気づいて、今にも消えそうな微笑を向けてくる。

いつもの勝ち気な彼女ではない。すべてを諦めた最期の笑みは、死にたくなるほど美しかった。

「どうして……どうして、そんなことを……！」

答えはわかっていた。彼女はクローディアを助けたい。その一心なのだろう。

そう。双子は、入れ替わっていた。

——私は、彼女の覚悟をわかっていなかった。王妃が処刑されるという話すら、心から信じてはいなかったかもしれない。

だから、彼女は殺されるのだ。

「オフィーリア！　待ってくれ！　こんな、こんな終わり方は嫌です。私は、あなたのことを愛して——」

美しかった世界は光を失う。

二度と彼女は笑わない。笑ってくれない。

「ああああああああああああ！」

世界など滅べばいい。いっそ滅ぼしてやりたいとさえ思う。

もう、彼女はどこにもいない——

第二章　あらがえない最期の夜を

二度目の死は、前回よりも苦しかった。

レスターの悲鳴が、今も耳に残っている。彼を苦しませてしまった。

目を覚ましたオフィーリアは、自分の首を指で確認する。つながっている。命も、首も。

「これは、もしかして……？」

ここまでのすべてが夢で、自分はたった今、現実に帰ってきた――なんて都合のいいことはないだろうか。

わかっている。

二度も繰り返した死の記憶は、しっかりと魂に刻まれている。なかったことになんてできない。

夢だなんて思えない。あれは、現実に起こったことだ。

「おはようございます、オフィーリアさま。今日はずいぶん早起きですね」

前回同様、お湯を張った水差しを手に侍女のミリアムがやってきた。

「おはよう、ミリアム。ねえ、今日は何日？」

「今日は十二月二十日です。ご予定は特にありませんが、どうかされましたか？」

十二月二十日の朝を迎えるのは、三度目のことだ。二度死んで、二度巻き戻った。オフィーリアの死が世界の巻き戻しに関係しているのか。

それともクローディアの身代わりとして、つまり王妃クローディアが死ぬという共通認識によって発生している事象なのか。

――わたしにわかるはずがない。そんなことよりも、また同じ時間を過ごすというのなら今度こそクローディアを救わなくちゃ。

一度ならただの夢と言い聞かせることもできなくはないが、二度目はもう現実だと断言できる。疑いようのない事実なのだ。

「オフィーリアさま？」

「なんでもないわ。今日は天気がいいのね」

「はい。昨日は雨でしたものね。今年はまだ雪が降らないようですが――」

「王宮へ行きたいの。馬車の用意をしてもらえる？」

ミリアムの言葉を遮って、オフィーリアは伏し目がちに伝えた。

知っている。雪は降らない。降るのは、王妃が処刑台に上がるその日なのだから。

「かしこまりました」

聡明《そうめい》な侍女は余計なことを尋ねず、顔を洗う支度を調えてから馬車の手配に部屋を出ていく。

――今度こそ、クローディアを助けてください。女神エンゲ、わたしの願いをどうか……

繰り返される死が、どこまで続くのかオフィーリアにはわからない。条件がはっきりしていないのだから、自分が身代わりに死ぬことで時間が巻き戻るのだと確定もできないのだ。ならば、一周ごとがオフィーリアにとってたった一度の機会と思わなくてはやっていけない。

ギロチンの刃が落ちる音は、もう聞きたくなかった。


「そんなに急いでどちらへ行かれるのです?」

二周目と同様に、王宮へ到着したオフィーリアに彼の声が聞こえてくる。

同時に、最期の瞬間に聞いた悲痛な声も脳裏によみがえった。

『オフィーリア！　待ってくれ！　こんな、こんな終わり方は嫌です。私は、あなたのことを愛して――』

――わたしは命が終わることで時間を遡行している。だけど、あの世界に残されたレスターは？　あのあと、あなたはどう生きていったの……？

出会わなければ、彼を苦しめることもない。今度こそクローディアを救いたいと思ってはいるけれど、黒幕の心当たりもない現状だ。オフィーリアがまた死を迎える可能性があるのなら、レスターと知り合うのは得策ではなかった。

彼の問いかけに、オフィーリアは無言で通り過ぎようとする。

「失礼。私はレスター・クェイフです。初めまして、オフィーリア嬢」

だが、相手は正面に回り込んで名乗りを上げる。逃がしてはくれないらしい。

「初めまして。ごきげんよう。急いでいますので、これで失礼いたします」

最低限の言葉を口にし、その場から逃げようと彼の隣をすり抜けようとした。

知り合いたくないのだ。

――あなたを傷つけると知っていて、かかわってほしくない。

短い時間ではあったけれど、自分のために力を貸してくれた彼に感謝の気持ちもあった。

「オフィーリア！」

長い指で、右手首をつかまれる。勝手に冷たいだろうと思っていたレスターの手は、血の通うぬくもりを感じさせた。

「……申し訳ありません。淑女の肌にいきなり触れるだなんて失礼を」

レスターは、パッと手を放して目を伏せる。

――わたしのためにドレスを買い揃《そろ》え、部屋まで準備しているのに、この程度で恥じらうなんておかしな人ね。

そう思いながらも、心のどこかに寂しさがあった。

この周回の中で、彼だけが異質だ。そして、彼だけがオフィーリアが妹の死を伝え、協力を請うた相手だった。

——だけど、今のレスターはわたしのことを覚えていない。正しくは、わたしと過ごした時間を覚えていないのね。

自分だけが忘れ去られている状況が寂しいのであって、彼に対して特別な感情があるわけではない。

オフィーリアは自分にそう言い聞かせ、レスターから目を反らした。

「いいえ。ですが、申し訳ありません。わたし、ほんとうに用事があるのです」

彼の協力があれば、もしかしたら黒幕を突き止めることができるかもしれない。オフィーリアと違って、レスターには王宮内の情報を得る手段が多数ある。しかし、そのためだけに彼の気持ちを利用するのは罪悪感があった。知り合ったことで、レスターに悲しい結末を見せてしまったのだから。

「では、そのご用事が終わったあとで構いません。のちほど、少しお話をさせていただけませんか？」

これは、求婚につながる布石だ。初回の死を思い出せば、彼とは出会っていなかった。

——レスターの行動と、クローディアの死刑に関連性は……ないわよね。

「申し訳ありません。本日は予定が詰まっておりますので、何かありましたら我が家の家令に言伝《ことづて》くださいませ」

どうせ求婚は、当人同士のみで済む問題ではない。だったら、最初から自宅に来ればいいではないか。

——わたしには、縁談を進めている時間はない。彼を悲しませたくないわ。

立ち去ろうとしたオフィーリアの背中に、

「結婚してください、オフィーリア・オルブライト」

ためらいのない声が追いかけてきた。

——この流れで言う⁉

さすがに、オフィーリアも驚愕を隠せなくなる。無視するわけにもいかず、足を止めてくるりと彼に振り返った。視線の先、レスターは真剣な目をしてこちらを見つめている。

「私には、あなたしか考えられません。どうか、私と結婚してください」

「そっ……そんなこと、急に言われても困ります!」

彼の気持ちを知っていても、動揺するものは動揺するのだ。はっきりと言葉で告げられて、せつなさに呼吸が苦しい。心臓が早鐘を打ち、頬がじわりと熱を帯びる。

真摯に自分を求めてくれる彼が、オフィーリアの心を溶かしてしまう。

——ダメ。ここでほだされるわけにはいかない!

それにしても、家令に取り次いでもらうよう言ったのに、すべて無視とはレスターの意志は強すぎる。

「申し訳ありません！　わたしには、やらなければいけないことがあるんですっ！」

オフィーリアは、淑女らしさをかなぐり捨てて拱廊を走り出した。

「オフィーリアさまぁ〜」

侍女のミリアムが慌てて追いかけてくる。けれど、レスターが追ってくる気配はない。

よかった。彼が追いかけてきたら、とても逃げられそうにない。

――どうして、レスターはあんなにわたしに執着しているのかしら。記憶は残っていないはずなのに。

わからない。わからないけれど、彼といると自分が自分でいられなくなる。彼の悲しい声はもう聞きたくないのだ。断る以外ない求婚も、できればしないでほしい。

オフィーリアの両手は、すでにクローディアの問題でいっぱいだ。何より、自分が妹を見捨てて結婚するような未来が怖かった。

――だから、レスターとはかかわりたくないの。

この感情をなんと呼ぶのか、オフィーリアは知らない。

知ってはいけない気がしていた。

パンドラの箱は、開けずにそのままで。

† † †

「あなたと結婚したいのです、オフィーリア」

「私の妻となってくださいませんか?」

「どうぞ私と結婚してください」

「愛しています、オフィーリア」

「愛しています」

「愛しています、あなただけを――」

繰り返される求婚と、同じ回数の死を数えて。

「結婚はできません!」

オフィーリアは、必死に彼を拒みつづけた。

――これは、何回目?

指折り数えて、自分が過去八回死んだことに気づく。

今は九周目の世界だ。

レスターにかかわらないよう尽力すればするほどに、彼に割く時間が増えるという矛盾にオフィーリアは頭を抱える。

――もう、いっそのこと王宮にディアの無事を確認に行くのをやめてみたけれど……

それでも、どこかしらでかならずレスターと出会ってしまう。

まるで、彼と出会うことが約束されているかのように。

いや、おそらくはレスターがオフィーリアの動向を探っているのだろう。

そうでもなければ、これは運命だ。

九回目の同じ朝を迎えて、オフィーリアはため息をつく。

そこに、ミリアムがやってきた。

「おはようございます、オフィーリアさま。今日はずいぶん早起きですね」

「おはよう、ミリアム。ねえ、今日は何日？」

「今日は十二月二十日です。ご予定は特にありませんが、どうかされましたか？」

今度こそ、と思う。強く決意する。そのたびにクローディアは無実の罪を問われて処刑される。それはつまり、クローディアの身代わりになってオフィーリアが殺されるということだ。

——何度繰り返したら、クローディアを救えるのかしら。

さすがに八回も殺されれば、心が折れそうになるときもあった。

この死が最後でありますように。

そう願ったのは、六回目だっただろうか。いや、いつだってそうあってほしいと願っている。

——だけど、結局、十二月二十日に戻ってしまう。

無為に何度も首を斬り落とされつづけて冷静でいられるほど、オフィーリアだって鋼の心は持っていない。毎回、恐怖に体が震える。繰り返すほど、絶望は深くなる。

「ミリアム、今日は――」

王宮に行く、といういつもの行動を取りやめよう。

「今日は天気がいいわね」

「はい。昨日の雨が嘘のようです」

「せっかくだから、久しぶりにお庭でお茶会にしましょう。何か、季節の果実でケーキを作ってもらえるかしら」

「かしこまりました。厨房《ちゅうぼう》に確認しておきます」

少しでも、レスターに会う確率を下げておこう。

以前にも、王宮へ行かない日はあった。それでも、ほかの場所で彼と出会ってしまう。

――だったら、家から一歩も出なければいい。そうすれば、きっと。

水差しを手に、ミリアムが窓の外を見上げる。

「今年は、雪が降らないですね」

「……そうね」

二カ月後、王妃クローディアの死体の上に雪は降る。

オフィーリアは静かに立ち上がり、書き物机に手を乗せた。そのとき、控えめなノックの音が響いてくる。

「オフィーリア、起きているかい?」

「お父さま?」

扉が開くと、父が朝から正装している。こんなことは今までなかった。

——何かが、違う。

「早くに悪いのだが、今日は王宮まで使いを頼まれてくれないか?」

「え、ええ。かまわないけど……」

「クローディアが体調を崩したと昨晩連絡があってね。それを聞いたフィーネが、慌てて階段から落ちた。私は医者が来るのを待たねばならんので、おまえに頼みたい」

「お母さまが、階段から落ちたって……! お怪我は大丈夫なの?」

「ああ。もともと痛めていた腰を打ったらしい。フィーネのことは私に任せて、おまえはクローディアのところへ行ってきてくれないか?」

「……わかったわ」

——ディアが、体調不良? どういうことなの?

青ざめたオフィーリアは、ガウンの胸元をぎゅっとつかむ。

これまでの死に戻りで、クローディアが病気になることはなかった。まさか、繰り返すことで彼女の死にも何か影響が出るというのだろうか。

「深刻な病状でないといいのだが……」

深いため息をついた父が、部屋を出ていく。

お茶会なんて言っている場合ではなくなった。

世界は、まるでクローディアを憎んでいるかのように、妹に苦難を与える。

しかし、それは同時にオフィーリアの死を感じさせる出来事でもあった。

† † †

これまでと違い、今日は拱廊を歩くことはない。行き先が離宮ではなく、クローディアの寝室だからだ。

オフィーリアは、コツコツと靴の踵を鳴らして王宮内を歩いていく。

小さなころ、どちらかが怪我をするともう一方も同じところが痛くなることがあった。

——今日はどこも痛くないわ。だから、ディアの体調不良はたいしたことない。そう、たいしたことないはず……!

たどり着いた重厚な扉の前で、息を整える。

ノックをすると、室内から「はあい」といつもと同じ柔らかなクローディアの声が聞こえてきた。

「ディア？　体調は大丈夫なの？」

天蓋布が豊かに揺れる寝台で、クローディアは背中に枕を入れて上半身を起こしている。

顔色は悪くない。体調を崩したというのは、どういうことなのか。

「ええ、大丈夫。心配をかけてごめんなさい」

王宮侍女が、寝台の横の椅子を引いてオフィーリアに座る準備をしてくれた。短く礼を言って腰を下ろすと、妹が人払いをする。

侍女たちが寝室を出ていき、広い室内に双子だけが残される。自分の心音が大きく聞こえる気がして、オフィーリアは左胸をそっと手で押さえた。

「体調が悪いわけではないの。だけど、まだ公表できることではないから」

「なんの話?」

「あの、つまり、わたし……」

頬を赤らめた妹が、恥ずかしそうに微笑んだ。左目の下の泣きぼくろが、やけにせつなく愛らしい。

その瞬間、キーンと耳鳴りがする。

──待って、何か、何かいやな予感がする。

「わたし、お腹《なか》に赤ちゃんがいるの」

「え……………?」

けれど、聞こえてきたのはとてもすばらしい事実だった。

愛しい妹が、母親になる。

「もう少し落ち着くまで、皆には内緒と王宮医官に言われているから、実家にも体調不良と伝えたのだけど、びっくりした?」

「び、びっくりしたわ！　おめでとう、ディア」

今まで、あえて考えないようにしてきたことだが、クローディアは王の妻なのだ。それはつまり、あのジェイコブ陛下と夜の営みがあるということ。そして、夫婦が仲睦《むつ》まじく過ごしていれば子どもができるということにほかならない。

——だけど、今までの周回でディアの懐妊なんてなかったわ。わたしが知らなかっただけなの？　それとも……

「ほんとうは、数日前にわかっていたの。でも、体調が優れなくて……」

「そう、だったのね」

だとしたら、王妃クローディアの処刑にはこの国の跡継ぎを殺す意味もあるのか。

——あまりに、ひどい話だわ。

そうであってほしくはない。そんな残酷な絵を描く人間がいると思いたくないのに。

全身の血の気が引いていく感覚に、椅子があってよかったと座面を指で撫《な》でた。

「ほんとうにおめでとう。あなたがお母さんになるだなんて、ステキね」

「うふふ、わたし、お母さまみたいになれるかしら?」

「ええ、もちろんよ。ディアは優しくていいお母さんになるわ。わたしが保証する！」

「リアがそう言ってくれると、安心できるの。ほんとうは、少しだけ怖い気持ちもあるから」

まだ平らな腹部を、クローディアがそっと手のひらでなぞる。

――絶対に、守らなくちゃ。

妹を死なせるわけにはいかない。

だが、彼女を葬る者の理由がわからなくては、何度でもオフィーリアが代わりに死ぬことになる。

――わたしは、どこまで耐えられるの？　いつかこの苦しみは終わりを迎えるの？

繰り返した死が、オフィーリアの心を少しばかり弱くしていた。

大切な妹を守るためになんだってする、と思う気持ちは変わらない。けれど死に戻る回数が増えるほど、体はもとに戻っても心が少しずつ死んでいく。

削《そ》がれ、剥《は》がされ、掻《か》き毟《むし》られ、血まみれになった心は、時間を巻き戻しても痛みをしっかりと記憶しているのだ。

それでも。

「安心して、ディア。あなたには、誰よりも幸せになる権利がある」

「昔から、リアは変わらないのね」

「そう？」

「そうよ。いつだって、わたしを守ろうとしてくれる。わたしを安心させてくれる。わたしの、たったひとりの魂の片割れ。だけど、リアに幸せになってほしいとわたしも願っているわ。大好きよ、リア」

泣きたくなるのは、クローディアが優しいからだ。優しいクローディアを、誰かが殺そうとしているからだ。

「わたしは、ディアが幸せでいてくれたら幸せよ」

まだ膨らんでもいない腹部を撫でるクローディアの手を、オフィーリアはそっと包み込んだ。


拱廊を、カツカツと靴の踵を鳴らして歩いて行く。

妹の懐妊を聞いて、心は決まっていた。いや、正しくは心を決めるしかなかった。

――黒幕を見つけられないのなら、わたしは何度でもディアのために死ぬ。そのために、わたしはディアと双子に生まれてきたのかもしれない。

だが、問題は自分が何度死に戻ったところで、クローディアもまた二月二十日を越えられない命ならば、彼女の子どもは生まれてこないのである。

――どうしたらいいの？　どうしたら……

「そんなに急いでどちらへ行かれるのです?」

聞き慣れた声に、オフィーリアは足を止めた。

何度出会ったところで、何度求婚されたところで、覚えているのは自分だけ。

――どうせ、あなたは忘れる。

振り向いた先には、赤の滲《にじ》んだ特徴的な目をした男が立っている。

死ぬことに疲れただけではない。

オフィーリアは、彼に忘れられることに疲れてしまった。

この周回において、彼に忘れられるレスターだけが、オフィーリアと出会う。知り合う。つまり何度も彼とは出会いと別れを繰り返しているのだ。

返事をしないオフィーリアに、レスターが靴の踵を鳴らして近づいてくる。石畳の上に、彼の影がゆらりと美しかった。

――何度わたしに求婚したって、あなたはどうせ忘れるくせに。

繰り返される悲しみと痛みに、オフィーリアは疲労している。自覚もある。そして、唯一レスターにだけは、クローディア暗殺の情報を共有し、協力をしてもらった過去もあった。

だからこそ、彼に対しては心のどこかで甘えがあるのかもしれない。レスターが、自分に求婚してくれた唯一の人物であるということも関係している。

「求婚はお受けできません」

開口一番、そう言ったオフィーリアを見て彼が目を瞠る。

「……なぜ、それを？」

「だって、何度も聞いたから」

——そして、同じ回数だけ命を落としてきた。わたしは、殺された。

生まれてこない子ども。

結ばれることのない婚約。

オフィーリアの世界は円環の内側にある。その先の未来に、手は届かない。二月二十一日を知らず、何度も命を落とすのだ。

「何度求婚されたって、わたしは応えられない。わたしは……二カ月後には死ぬんだもの！」

それでも、妹を守ろうと思った。守りきれると、信じていた。いや、信じていたかったのだ。

「オフィーリア⁉」

驚愕する彼の声に、オフィーリアは自分が滂沱《ぼうだ》の涙を流していることに気づいた。

妹を助けるために気を張ってきたけれど、首を斬られるたび心は弱くなる。

慣れることはない。

ただ、恐怖が増していく。

その恐怖を抑え込むために、必死だった。

気を張って、自分を鼓舞して、そしてレスターに対して鈍感であろうとしていた。

——だって、この人に甘えたらきっと優しくしてもらえる。優しくしてもらったら、彼と離れるのが寂しくなる。わたしにしかない記憶。彼は、何度もわたしを忘れるんだもの。

「……オフィーリア・オルブライト、あなたはいったい何を知っているのですか？　どうして二カ月後に死ぬだなんておっしゃるのです」

理不尽なことを言っているのに、レスターは冷静に尋ねてくる。氷剣のレスターは、恋に溺れているとき以外、理知的で論理的な人物だ。

――そんなことも、わたしは知っている。だけど、あなたはわたしがレスターを知っていることすら知らない。

「わたし、は」

何度もあなたに求婚された。

そう言ったところで、何も伝わらないことをオフィーリアは知っている。

何も言えずにうつむくと、目の前にシワひとつないハンカチが差し出された。

「え、これ……」

「使ってください。あなたのドレスが涙で濡れてしまいます」

白い手袋の手から、そっとハンカチを拝借する。頬を拭うと、すぐに表面がぐっしょりと濡れてしまった。

「お疲れのようです。少し、話をしませんか?」

「………」

「私のことを、あなたはご存じのようだ。あなたに求婚しようとしていたことも。そうでしょう? でしたら、私があなたに危害を加える気がないのも、おわかりいただけると思います」

ただ心配してくれている。それだけが伝わってきて、オフィーリアの目からさらに涙があふれてくる。

「まるで女神エンゲのようですね」

口元に手を持ち上げ、彼が小さく笑った。

女神エンゲの伝説の最後は、エンゲの涙で湖の水が塩辛くなり、あふれた涙が海となって世界中を包み込んだというものである。

「女神ではないので、海を作るほどの涙はこぼせません」

「それはよかったです。女神に求婚するよりは、ハーシェル公爵家のご令嬢に求婚するほうが、いくぶん気持ちが軽いですから」

冗談めかして話すレスターのあとを追って、オフィーリアは四阿に到着した。ひんやりと冷たい椅子に腰を下ろし、しばらく泣きぬれたあと、ひとつの決心をする。

彼に理解してもらえるかわからないけれど、話してみよう。誰かに聞いてもらわなければ、繰り返される死のせいで自分が壊れてしまう。

——レスターなら、きっと聞いてくれる。

すべてを打ち明けたあと、レスターはしばし黙り込んで何かを考えていた。

それからおもむろに口を開く。彼の目は、まっすぐにオフィーリアを見つめていた。

「あなたが王妃を守りたい気持ちはわかりました」

——だけど、何度も死に戻りを繰り返しているだなんて、信じられるはずがない。

「できることなら、代わってさしあげたいです」

「……え……?」

信じてもらえるかどうかを考えていたオフィーリアにとって、彼の返答は意外なものだった。

——そんなにわたしを想ってくれているの……?

どくん、と鼓動が大きく響いた。体の内側で、凍りついていた心がほどけていく。

愛情は、熱だ。触れることなく温度で伝わる。

「ああ、ですが難しいですね」

ふ、と彼の美しい相貌が翳《かげ》る。顎に手をやったレスターが、困惑気味に空を仰いだ。

「私は誰と代わればいいのか。あなたでしょうか? それとも、王妃でしょうか?」

「あの、それはどういう……」

「こう見えて、私は今、激しい嫉妬に駆られていますゆえ」

——意味がわからない。

オフィーリアを想ってくれているのはわかった。身代わりになろうとしてくれる気概も伝わった。

もちろん、長身で筋肉質なレスターが、クローディアの身代わりを務められるとはオフィーリアだって思っていない。

——その気持ちが嬉しいと思ったのに、どうして嫉妬の話になったの？

「おわかりになりませんか？」

「え、ええ、そうですね」

憂いのある笑みを浮かべ、レスターがせつなげにため息をつく。

「あなたにそれほど想われる王妃の立場になりたいと思ってしまうのです」

恍惚《こうこつ》とした表情で、夢見がちな彼を前に。

——わからない、わけではないんだけど……

結局のところ、オフィーリアだって妹に感謝されたいわけでもなく、覚えていてほしいわけでもなく、ただクローディアを守りたい一心で死に戻りを繰り返している。

大切な人の、大切な人になりたい。

彼の気持ちは、わからないと一蹴できるものではないのだが、やはりわかるとも言い難いから悩ましい。

——だけど……

オフィーリアは、自分が死んで時間が巻き戻されたあと、その世界がどうなっているのか知らなかった。そこで世界が断絶してしまうのか。あるいは、オフィーリアだけがいない世界が続いているのか。

死に戻りを定義づけられたオフィーリアには、観測の余地がない話だ。

——だけど、もしも、わたしがディアと入れ替わらなかったらこの世界は続いていくの？

クローディアを失ったあとの世界で、オフィーリアは生きていくことになるのだろうか。

『悪妃クローディア』の死後の世界。

想像するだけで、背筋がぞっとした。

——レスターにとっても、同じなんだ。なぜ彼がわたしに執着しているかはわからないけれど、そういう気持ちでわたしを生かしたいと思ってくれている。彼にとってのわたしのいない世界は、わたしにとってのディアのいない世界。

だとしたら、彼を否定することはできない。

「それで、今までに何度繰り返されたのですか？」

「八回です」

「八回、なるほど、相当な回数ですね」

「何が八回なの？」

唐突に、自分と同じ声が聞こえてきた。

——ディア⁉

ぎょっとして振り返ったオフィーリアの目に、ふわりと幸せそうなクローディアが首を傾げて立っている。

「リアの忘れ物を見つけたから追いかけてきたんだけど、こんなところで副団長さまとお話ししているなんてびっくりしたわ。ふたりは以前から知り合いだったの？」

彼が自分に求婚しようとして声をかけてきた、とは言えない。言葉に詰まったオフィーリアの代わりに、レスターが涼しげな声で答える。

「本日、初めて会話をいたしました」

彼にとっては、嘘ではない。

——わたしにとっては、九回目の初めましてだけどね。

自分だけが、覚えている。オフィーリアにとっては、これはレスターとの初めての会話ではない。そのことが、胸にちくりと小さな棘《とげ》を刺す。

「ですが、以前から知っていたので初対面の気はしません」

「！　わたしも、そう」

思わず身を乗り出してしまったのは、まるで彼もまた自分との過去を覚えているように感じてしまったからだ。

そんなわけはない。彼は知らない。オフィーリアが彼の目の前で首を落とされたことなんて、知るよしもない。

——なのに、初対面の気がしないと言われて嬉しいだなんて。わたし、いつの間にこんなにレスターに頼っていたのかしら。

彼だけが特別なのは、事実そのとおりだからこそ、前のめりに発言してしまったことを恥ずかしく思って、オフィーリアは小さく咳払《せきばら》いをした。そんな姉の様子を見たクローディアは、どうやら何かを誤解したのだろう。

両手をぱんと打ち合わせ、「そうだわ！」と嬉しそうに微笑む。

「せっかくですもの。ティールームでお話ししましょう？　外はまだ寒いし、わたしは体を冷やしてはいけないと言われているから」

「いいえ、そろそろ帰るわ。ディアは、ちゃんと寝室で休まなくてはダメよ」

昨晩、実家に連絡があったのは、実際に体調を崩していたからにほかならない。今だって、クローディアの顔色は青白かった。

「ええ、いじわる言わないで、リア。あなたの幸せそうな顔を、わたしだって見たいの」

「そんなのいつだって見られるじゃない」

「そうじゃなくて、副団長さまといるときのあなたは、特別かわいかったんですもの」

「なっ、何を……!?」

一瞬で、頬が真っ赤に染まるのがわかった。これでは、クローディアの想像を肯定することになってしまう。

――レスターにどう思われるか……！

ちらりと横目で彼を確認すると、レスターは大きく目を瞠っている。

「ち、違うんです、レスターさま」

「何が違うのか教えてください。あなたは、私と話しているとき、普段よりさらにかわいらしいというのが間違っているのですか？　実際、目の前で見ていた私も王妃さまと同じ考えです。つまり、あなたは私と話しているときに特別――」

「あああああ、もう、わかった、わかりましたから！　それよりディア、わたしの忘れ物ってなんだったかしら！」

とにかく、この会話を打ち切りたくて、淑女らしからぬ大きな声を出した。クローディアといるせいで、いつもより自然体で接してしまったというのもある。

「ブローチよ。ティールームに行ったら返してあげる」

オフィーリアはしぶしぶ、妹の提案を受け入れることにした。

† † †

二月三日の昼前に、オフィーリアはバスケットいっぱいに焼菓子を持って騎士団詰め所の扉をノックする。

コンコン、と軽く二回。返事を待つより早く、勢い込んで扉が開いた。

「ヒッ⁉」

思わずあとずさったオフィーリアの目に、真顔で目を爛々《らんらん》と輝かせたレスターの姿が映る。

——な、なんで？　わたし、怪しい者ではありませんっ。

そもそも、この時間に来ることは彼と約束していたはずだ。

「お待ちしていました、オフィーリア」

「……お待たせして申し訳ありません」

「いいえ、約束どおりですよ。あなたは時間に正確なのですね」

懐中時計を取り出したレスターが、時刻を確認して中に迎え入れてくれる。

——騎士団の詰め所なんて、初めて入るわ。なんだか緊張する。レスターさまのほかにも誰かいらっしゃるのかしら……？

本来、オフィーリアが立ち入ることを許された場所ではない。そこに訪ねてきたのは、レスターとふたりで話をする場所が必要だったからだ。

彼は、エフィンジャー公爵邸で話せばいいと言ってくれたが、レスターの自宅へほいほいついていったら、その時点で貴族令嬢としてかなり立場がよろしくない。今のレスターとオフィーリアは、婚約者でもないし、まして求婚を正式にされているわけでもない、他人のふたり。

どちらの実家へ行っても結婚の噂が立ってしまうのなら、いっそ別の場所で。

その結果、提案されたのが騎士団の詰め所だ。男所帯の王立騎士団だが、詰め所の中はきれいに整頓されていた。内装は、貴族邸宅とまではいかないが、広く優雅な作りになっている。

壁には歴代の騎士団長の肖像画と、エフィンジャー公爵家と同様の古い武器が飾られ、部屋の中心に大きなテーブルが置かれていた。

テーブルでは、若い騎士がふたりチェスに興じている。彼らがオフィーリアに気づいて、元気よく立ち上がった。

「私の婚約者となるオフィーリア・オルブライトだ。今後の打ち合わせのため、奥の談話室を使用する」

レスターの説明に、彼らは口々に「おめでとうございます」「副団長をよろしくお願いします」と頭を下げた。

オフィーリアは、愛想笑いでやり過ごす。

——何を考えているのかしら、レスターは！

なにしろ、この九周目では、レスターと婚約なんてしていないのだ。

とはいえ、男だらけの騎士団詰め所にオフィーリアを招くということは、何かしら彼女を呼ぶにふさわしい理由が必要なのも明白だ。それについては予想の範囲内ではあるのだが、実際に婚約者として紹介されると、気恥ずかしさにむずむずする。

廊下の奥にある談話室に到着すると、オフィーリアは唇をとがらせてレスターを見上げた。

「ほかに言いようがなかったのかもしれませんけど、いきなり婚約者だなんて言われたら困惑します！」

「いけませんでしたか?」

彼は、少し傷ついたような目でオフィーリアを凝視していた。

「私ではない『私』と、あなたは婚約した過去があるのでしょう?」

「仮の婚約です」

「それならばなおのこと、今ここにいる私が自分の知らない『私』に勝つためには、あなたと婚約するしかありません」

「……え、えっと……」

レスターの声に熱がこもる。

「私は、あなたに近づく男たちをすべて排除してきました。その存在に、オフィーリアが気づくより以前に対処を行っています。それなのに、手出しできないところで私ではない『私』があなたと仮初の婚約をしていただなんて、嫉妬で狂ってしまいそうになります……!」

──その相手も、レスターだというのに⁉

だが、彼の言うことにも一理ある。

これまでの周回でオフィーリアが出会ったレスターは、レスターでありながら、今、目の前にいるレスター・クウェイフではない。だからこそ、彼には記憶の保持がされていないのだ。

──ずっと、すべてを見て、知っているのはわたしだけ。

「ところで、あなたがいらしたときから気になっていたのですが、そのバスケットには何が入っているのでしょう。とてもいい香りがします」

「あ、そうだったわ。これは、騎士団の皆さまに差し入れのつもりで用意した焼き菓子です」

「！　まさかとは思いますが、オフィーリアがお作りになった……？」

伸ばしかけたレスターの手が、かすかに震えている。

「作ったのはわたしではありません。わたしは、侍女たちと一緒にバスケットに詰めただけでたいしたことは――」

「それはいけませんね」

言い終えるよりも早く、レスターがぐいとバスケットを奪い取った。

――なぜ⁉

「あなたが手間暇かけてくださったものを、他の男に与えるわけにはいきません」

「あの、レスターさま……」

「なにせ、私はあなたの婚約者になる予定ですので。ああ、そうそう。名前を呼んでくださるときには、レスターとお呼びください。ほかの誰よりも親しい間柄として、私の名を親密に呼んでいただきたい」

「わかりました、レスター」

どの世界においても、レスター・クウェイフが少々強引で、ところどころオフィーリアに理解できない思考の持ち主なことは変わらないらしい。

それに気づいた瞬間、オフィーリアは口元に手を当てて笑っていた。

「オフィーリア？」

「ふふ、ふふふ、だって、あなたっておかしいんですもの。わたしが切羽詰まって、生きるか死ぬかという問題を抱えているときに、焼き菓子を独り占めすると宣言してるんですよ？」

昨日、彼の前で泣き出してしまった自分を、オフィーリアは恥じていた。

自分にしかない死に戻りという能力ならば、自分ひとりで妹を救わなければいけないと思っていたのに、いつも彼には頼ってしまう。

——もしかして、レスターさまがいてくださるから、わたしは心の均衡を保っていられるのかもしれないわ。

彼の存在に救われている。そんなことを言ったら、今すぐ結婚許可証をもらいにいきそうなレスターなので、その気持ちは秘めておく。

「あなたの生死は、私の人生にもかかわることです。無論、真剣に取り組む所存ですが」

「えーと、一応確認するのですけれど、どうしてあなたの人生にそこまで影響が……？」

「愛する女性の生死ですから」

衒《てら》いなく、レスターがきっぱりと言い切った。むしろ、言われたオフィーリアのほうが、赤面する羽目になる。

——十二月二十日に王宮で会うまで、レスターとはほとんど会話をしたこともなかったはずなんだけど、どこでそんなにわたしを見初めてくださったというのかしら。

二周目のときは、彼のことをだいぶすげなく扱った。

以降は適度な距離を保ちつつ、なんだかんだ言ってもレスターの求婚に心底揺らいだことはなかったと思う。

だけど、今は——

思いかけて、オフィーリアはぐっと自分の気持ちを押し殺す。

今、すべきことは恋愛の然々《しかじか》ではない。それは後回しにしてもいい。いつだって、そうしてきた。クローディアを救うことができたら、レスターとの縁談を考える、と。

「あ……」

そこで、ふと気づいてしまう。いつだって、オフィーリアは自分の未来があることを強く願ってはいなかった。せめてクローディアだけでも救わなくては。自分のことはそのあとでいい。

そう思っていた。

——だけど、レスターにとっては……？

死に戻ることのできるオフィーリアと違って、彼にとってはこれがたった一度の人生なのだ。

それを思えば、彼がオフィーリアの生死を自身の人生にもかかわることだと言ったことが、ひどく重くのしかかってくる。

オフィーリアは、いつも彼の気持ちをないがしろにしてきてしまったのだ。

——こんなに、好きだと言ってくれている人を、わたしは……

「大丈夫ですか、オフィーリア?」

「え、あ、はい」

「何か、ひどく呆然《ぼうぜん》としていらっしゃるようですが」

「いいえ、平気です。それより、妹を救うためにご協力くださるとのこと、心よりお礼を申しあげます」

談話室の椅子に腰を下ろして、オフィーリアは心からレスターに感謝を告げた。

「本題に入る前に、ひとつ大事な話があります」

「え、大事な話、ですか?」

正面の椅子に座ったレスターが、両手を組んで深く息を吐く。何か、問題が起こったのだろうか。

「オフィーリア、あなたはこれまでに『私』と会話をする際、いつもそのような堅苦しい口調だったのでしょうか?」

「そうだったときも、そうではなかったときもあると思いますが……」

それが、クローディア暗殺にどう関係するのか、オフィーリアには皆目見当もつかない。

「それでしたら、どうか、今ここにいる私の前では、もっと自由にあなたらしく振る舞っていただきたく思います」

「はい？」

「つまり、私の献身へのご褒美として、あなたと親密になることを許していただきたいのです！」

無意識に、オフィーリアは右手をひたいに当てていた。

――この人、ほんとうに氷剣のレスターなのかしら……

自国の英雄とも呼ぶべき騎士が、あまりに残念すぎて目も当てられない。

「わかりました。いえ、わかったわ。では、敬語をやめてもいいのかしら？」

「ぜひに」

前のめりな彼をあえて気にしない素振りで、オフィーリアは小さく咳払いをして会話の緒《いとぐち》を探す。

ふたりの親密性についてではなく、クローディア暗殺計画の黒幕を見つけ出すための話し合いだ。

「では――まずは、やはり噂の出どころを調べるべきかしら」

「……噂、ですか？」

彼の返事に、違和感を覚える。

――え？　レスターは知っているはずでしょ？

「ジェライア王国とクローディアが密通しているって……」

「密通？　王妃がですか？」

「だ、だって、あなたから聞いたのよ」

何度も繰り返す未来の中で、いつもレスターはクローディアに密通の噂があることを教えてくれた。

――だけど、この世界のレスターはそれを知らない？

「残念ながら、私はその噂に関して何も知りません。別の時間における『私』が知っていた情報ということなのでしょうが……」

「そう、なのね」

何が違うのだろう。

同じ天気、同じ会話、同じ処刑。

けれど、たしかに死に戻るたびに少しずつ出来事が変わっていく。

たとえばクローディアの懐妊を告げられたこともそうだ。

もしかしたら、ほかの周回のときにもクローディアは妊娠が発覚していたのかもしれない。

それを、オフィーリアに告げていなかっただけということも考えられる。

目に見えない因果によって、応報が異なっていく。

だとしたら、この時間のレスターがクローディアの噂を知らないことにも、何かしら意味があるのだろう。

「私がその噂を知らないというのは、あなたにとっておかしな出来事なのですね」

考え込んだオフィーリアに、彼は彫像のように美しい顔を向けてくる。

「ええ、そうね」

「この場合、大きく分けてふたつの理由があると考えられます。ひとつ、私がなんらかの事情でその噂を知らずにいる。ふたつ、その噂自体が存在しない」

レスターの言うとおりだ。

そのどちらなのかを見極めなければ、クローディアの処刑理由もその黒幕も突き止められなくなってしまう。

「そして、オフィーリアから聞いた話を総合的に判断した結果、おそらくではありますが、王妃処刑のための道筋は複数用意されているのではないでしょうか」

「ど、どうして？」

「噂のように不安定なものを根拠として用いる場合、それが効力を持たない可能性があります。もし私が黒幕だったなら、火種になりそうなものをいくつも準備します。そのどれかが、導火線に火をつければいいのですから」

――だとしたら、今回のクローディアには別の嫌疑がかかるということ……？

来年、二月二十日に王妃の処刑が行われる。

罪状が変わってしまったのだとしたら、オフィーリアには手の打ちようがない。

「だったら、どうしたらいいの？　ディアを、クローディアを助けたいの」

「わかりました。では、あなたに協力いただきたいことがあります」

「なんでもするわ。あの子を助けるためならば！」

そして、彼が提案したことは――

† † †

「ようこそおいでくださいました。本日は、どうぞお楽しみください。仮面舞踏会の夜は、危険な恋にご用心を」

楽隊の奏でる優美な音楽を耳に、オフィーリアはかすかにうなずく。

月の美しい今宵《こよい》は、ユーイング侯爵が主催する仮面舞踏会に訪れていた。

――危険な恋って、ここに来ている人の大半は既婚者や婚約者持ちでしょうに。

仮面の下で苦笑をしたオフィーリアに気づいたのか、黒い仮面の男がそっと腰に手を回してくる。

「ちょっと」

人前でこんなに親密な姿をさらすのは、公爵令嬢として――

「今夜のあなたを、誰も知りません。あなたは、あなたであってあなたではない。それが仮面舞踏会ですよ」

顔の上半分を隠す黒い仮面をつけたレスターが、声を落としてかすれた声で囁《ささや》く。対するオフィーリアは、白いレースの仮面をつけている。

「仮面舞踏会の夜は無礼講です。決して私のそばから離れてはいけません」

「え、ええ、わかっているわ」

オフィーリアとて、貴族令嬢である。自分が他者からどのように見られるか、どのような価値のある存在なのか、幼いころからしっかり教育されて育った。

――社交界で男に遊ばれるなんて、絶対に許されないこと。

では、隣に立つレスターといることは、どう見られるのだろう。それについては、不問にする。

ふたりには、この仮面舞踏会に参加する理由があるのだ。

ことの発端は先日、騎士団詰め所で彼と話したときに遡る。

クローディアがこれから負うであろう罪状がわからないままでは、対処のしようもないと気づいたふたりは、まず情報収集を行うことにしたのだ。

王家に近い血筋を持ち、騎士団の副団長でもあるレスターの力を借りれば、国内で行われるどんな夜会にだって参加できる。

普段はあまり社交界に顔を出さないオフィーリアだが、今回ばかりはそうも言っていられない。

レスターのところに届いていた招待状の中から、開催日が近いものを選んでもらって、ふたりでやってきた。

――仮面舞踏会は、わたしも参加するのは初めて……

それもそのはず、入り口で案内人に言われたとおり、顔を隠した貴族たちはこの夜に危険な情事を楽しむと聞く。

未婚で、火遊びに興じるタイプではないオフィーリアは、当然この手の催しに顔を出すことなどなかった。

なので、レスターが仮面舞踏会に参加しようと言い出したときには、平手打ちのひとつも食らわせてやろうかと思ったほどである。

貞淑な貴族令嬢を仮面舞踏会に誘うだなんて、紳士としてはいかがなものか。

けれど、彼には彼の算段があった。

オフィーリアよりも八歳上の、男社会を知るレスターには、仮面舞踏会におけるほかの利点がわかっていたのだ。

「それで、怪しそうな人はどこにいるのかしら」

白レースの仮面をつけたオフィーリアは、仄暗い会場をきょろきょろと見回した。

「そんなに興味津々でいては、相手も警戒します。どうぞ、もっと私の体に寄りかかって、酔ったふりでもしてください」

「……わ、わかったわ」

言われるまま、オフィーリアはグラスのワインを飲むふりをする。

あまりアルコールに強いほうではない。まったく飲めないというほどでもないけれど、ぐいぐい飲んでいたら情報収集どころではなくなってしまう。

会場は、通常の舞踏会とはまったく違う。広間は、およそただのエントランス扱いで、ダンスを楽しむ者はほとんどいない。主会場となるのは離れの別邸で、そちらからは異国の水タバコの香りが漂ってきていた。

――たしか、レスターから聞いた話では、賭博や密談が行われるそうだけれど……

想像していたよりも、ずっとひそやかな会場である。人々は皆、小さな声で会話をする。女性の多くは仮面のほかに口元を羽扇で覆っていた。

その様子を見て、オフィーリアも手にしていた純白の羽扇で顔の下半分を隠す。白い仮面に白い羽扇だなんて、鏡で見たらさぞおかしな格好をしているに違いない。

だが、ここの流儀にのっとっていたほうがいいのだ。異端視されないほうが、やりやすいこともある。

「あら、かわいらしいお嬢さんを連れていらっしゃること。ねえ、よかったらカードゲームをしていきません？」

肉感的なドレスの女性が、レスターに声をかけてくる。テーブルには、すでに四人の男女が席につき、手に手にカードを持っていた。

「彼女はこういう場には不慣れでね。どうかな、ゲームに興味はあるかい？」

普段とはまったく違うレスターの話し方に、オフィーリアは思わず目を瞬いた。

自分の前では常に敬語を使う男だが、それが彼の日常ということではないのだ。彼には彼の、別の貌《かお》がある。

「ええ。やってみたいわ」

なるべく堂々と、オフィーリアはうなずいた。

すると、テーブルにいた男女が席を移動して、ふたりのために隣り合った椅子を空けてくれる。

「さあ、どうぞ」

並んで椅子に腰を下ろすと、場にあったカードが集められ、声をかけてきた女がそれをシャッフルしてから配り始める。

――カードゲームって、いったいこれはどんなゲームなの？

自慢ではないが、オフィーリアは頭脳戦のゲームなんてほとんどわからない。

幼いころは外を駆け回って遊び、成長してからは淑女らしくあるために令嬢たちとのお茶会が日課だ。

淑女の集まる場では、この手のゲームが行われることはあまりなかった。

「俺にまかせて。いいね？」

レスターが、そう言って手札をこちらに見せてくる。

もちろん、何をしているのかさえわからないのだから、オフィーリアは素直にうなずいた。

それから、小一時間——

「またきみの勝ちだ。まったく、ずいぶんとついているようだな」

口髭《くちひげ》の男が、カードをテーブルに明かす。

「どうも。俺には幸運の女神がついているのでね」

気取った口調のレスターが、オフィーリアの肩に手を置いた。

「こうも強いと、悔しくもならないものですわ」

瀟洒な羽扇で口元を隠す金の仮面の女性が、ほのかに笑《え》まう。

「そういえば、最近おかしな噂を耳にしたんだが」

顔全面を覆う仮面の男が、不意に切り出した。

「おかしな噂って？」

金の仮面の女が首を傾げると、口髭《ひげ》の紳士が肩をすくめる。

「あれだろう？　王宮に少女たちが連れられていくとかいう」

——王宮に?


身を乗り出したい気持ちをぐっとこらえ、オフィーリアは彼らの話題に耳を澄ます。

もしかしたら、クローディアにかかわる話かもしれない。

「そう。友人が従兄弟から聞いた話らしいが、若き王妃は美を保つために少女の生き血を浴びているらしいじゃないか」

「っっ……!」

そんなこと、するわけがない。

叫びたくなる寸前に、レスターが周囲に気づかれないよう、オフィーリアの右手をぎゅっと握った。

「まあ、では王妃さまの愛らしさは数多《あまた》の娘たちの犠牲の上に成り立っているということ?」

「怖《こわ》や怖や、女はおそろしいねえ」

一度はそれで話がおさまり、次のゲームのためのカードが配られる。

しかし、口髭の男が「俺が聞いたのは別の噂だ」と言い出した。

「王宮に、女神エンゲの呪いを再現するための祭壇が作られているらしい」

「呪い、ですか……?」

オフィーリアが首を傾げると、彼は勢いづいて話し出す。

「そう、呪いだ。女神エンゲといえば、水の女神というのが我々の知る伝承だが、彼女はただない」


の優しい女神ではないだろう？」

それまで黙っていた、猫の仮面をつけた女が口を開く。

「そうね。エンゲは、神々から呪われた女神。彼女自身もまた、この世界を呪ってもおかしくない」

――この声、どこかで聞いたことが……

一瞬そう思ったが、思い出そうと考えているうちにつかみかけた記憶の糸が指先から遠ざかっていく。

「それだ。どうやら、王妃は女神エンゲの神殿に縁のある母を持つそうじゃないか。王宮で、エンゲの復活のための祭壇を作って、国を呪っているとかなんとか」

「その気持ちもわかるわ。だって、あんなにかわいらしいお嬢さんが、たった十七歳で倍も年上の王のもとに嫁がされたのよ。未《いま》だに御子《みこ》に恵まれないのは、ふたりの仲があまり良くないからではないかしら」

猫の仮面の女は、甘い香水をつけているようだ。彼女が動くと、香りが舞う。

――こんな噂話《うわさばなし》、ほかで聞いたことがないわ。

オフィーリアは、レスターがこの場を情報収集に選んだ理由にあらためて納得した。

「いろいろな噂があるものだ。興味深い」

カードの交換をするレスターの相槌《あいづち》に、全面を覆う仮面の男がぴくりと肩を震わせる。

「興味深い？」

「ああ。何か？」

「いや、貴殿も同じかと思ってな」

その言い方に、奇妙な感じを受けた。

――つまり、この人はクローディアにまつわる噂を興味深く思っていて、それから……

ぞくり、と背筋が冷たくなる。

仮面越しに、男と目が合った。彼はひどく冷たい目で、オフィーリアを凝視していたからだ。

「皆、同じだろう。王族のゴシップは、いつだって酒の肴《さかな》さ」

わざと軽薄そうな言い草で、レスターがグラスの酒をあおる。

「そう、王族の噂は足が速い」

満足げにカードを眺めて、男は猫の仮面の女の肩を抱き寄せた。

あのふたりは、男女の関係にあるのかもしれない。

「わたしも、興味があります。よろしければ、もう少し詳しく……」

言いかけたオフィーリアの顎を、レスターがくいとつかんだ。

目が合った瞬間、彼が「あまり踏み込みすぎてはいけない」と視線で伝えてくる。

――だけど、せっかく詳しい人たちがいるのなら、もっと聞きたい。そのためにこんな怪しげな場所に来ているんですもの。

どうすれば、聞き出せるだろう。

そう思った瞬間、唐突に目の前が暗くなる。いや、正しくはレスターが顔を極度に近づけてきたのだ。

「んっ……！」

拒む暇すら与えず、彼がオフィーリアの唇を自身の唇で塞ぐ。

——レスター⁉

それは、ほんの一瞬の短いくちづけ。

しかし、オフィーリアにとっては人生で初めてのキスだった。

「な、何を……っ」

「人の噂話より、ふたりの未来を語りたいものだな」

そう言って、レスターは下唇をぺろりと舐《な》める。

淫靡《いんび》な仕草に、心臓が激しく高鳴った。息が苦しい。唇が、わななく。

「おやおや、勝負の最中に痴話喧嘩《げんか》か？」

「いや、我々はこれで失礼するよ。どうにも彼女の機嫌が悪い。きっと、俺がゲームに夢中だったのが気に入らないのだろう」

勝手なことを言って、レスターが席を立つ。

「待て、勝ち逃げは許さんぞ」

口髭の男が、低い声ですごんできた。

危険な気配を感じたけれど、レスターはそんなことに動じない。

「だったら、俺のチップはきみたちで分け合ってくれ。悪いが、ゲームより恋人のほうが大事なものでね。またどこかで」

じゃららら、とチップをテーブルに崩す音が響く。

そういうことなら仕方ない、と言いながら、テーブルに残されたメンバーが次々とレスターの稼いだチップを自分の前に引き寄せる。

肩を抱かれて、その場から連れ出されながらも、オフィーリアは自分の鼓動が彼に聞こえてしまうのではないかと緊張していた。

休憩用の小部屋らしき場所に、レスターがオフィーリアを連れ込む。

ふたりきりになると、レースの仮面を引《ひ》き剥《は》がして、オフィーリアは彼を睨みつけた。

「あなた、どういうつもり!?」

——噂の続きを聞けなかったことも、それから……キスのことも……

まだ、唇がジンと熱を帯びている。

「気づかなかったのですか?」

「な、何に……?」

「あの銀色の顔全体を覆う仮面の男。あれは、こちらの反応を窺《うかが》っていました」

言われてみればそうだったかもしれない。

だが、噂話を始めたのは、そもそも彼だ。

「だからこそ、興味があるふりをしたらもっと話を聞き出せたかもしれないわ」

「いいえ。深掘りすれば、こちらの素性を怪しまれます。それでなくとも、あなたは王妃と瓜二つなのですから」

彼の言い分はもっともである。

——だけど、キスは？

仮面と同じレースの手袋をはめた手で、オフィーリアは自分の唇をそっと撫でる。

「たとえ仮面舞踏会の夜といえども、何もかもが無礼講というわけにはいきません。踏み込みすぎれば、罠《わな》にかかる。あなたの素性を調べるのは、いともたやすいことなのですよ」

「それはそう、だけど」

「ですので、あなたにキスしたのをお許しください」

「っっ……！」

わかっていて、キスしたのだと。

彼の声が告げている。

「あなたを守るために、どうしてもキスをする必要がありました。私の情慾《じょうよく》のままに振る舞ったわけではなく、あれはひとえに愛しい人の言葉を遮るためで――」

しかし、次第にレスターの表情が甘く蕩《とろ》けていくのが目に見えてわかった。

「だったら、もっとほかに方法があったでしょ！」

「いいえ、あれが最適解です。周囲に、我々が男女の関係だと思わせる意図もありましたから」

そう言われると、仮面舞踏会に疎いオフィーリアには言い返す言葉がない。

――あれが、最適解。夜会って、わたしの知らない面があるのね。

まだ胸の内側で激しく震える心臓を気づかれたくなくて、レスターからすっと距離を取る。

すると、すがるように彼がオフィーリアの手を握った。

「な、何……？」

先ほどのうっとりした表情はどこかへ消え、彼はせつなげに目を伏せている。

「……すみません。ほんとうは、ただあなたの唇を知りたかったのです。どうしても、あなたにくちづけたかった。過去に、ほかの『私』とキスをしたことはおありでしたか、と、それを尋ねることができなくて」

ほかの『レスター』。

先日から気づいてはいたが、彼は彼ではない『彼』に強い嫉妬を抱いている。

「誰とも、していないわ。ほかの『あなた』とも、それ以外の男性とも」

小さな声で答えたオフィーリアを、彼がこらえきれないとばかりに抱き寄せた。

ふたりの体が密着し、息もできなくなってしまう。

頬が熱い。頭の中も熱い。

——どうして、こんなふうになってしまうの……？

「嬉しいです、オフィーリア。あなたに触れたのは、私が初めてなのですね？　ああ、私の愛しい人。もう一度、くちづけてもいいでしょうか？　一生忘れられないキスを私に与えてください」

「っっ……、いいわけないでしょ！」

オフィーリアは、両手を突っ張って彼の体を押し返した。

筋力を考えれば、その程度でレスターにかなうはずがない。

けれど、彼はオフィーリアのなすがままに一歩下がる。

「そういうのは、恋人や夫婦がすることよ。わたしたち、まだ婚約もしていないんですからね！」

「まだ？」

しまった、と思ったときにはもう遅い。

レスターは嬉しそうに破顔している。仮面があっても、隠しようがないほどの笑顔だ。

「では、いずれ正式に婚約者となったあかつきには、あなたのすべてを与えてくださいますね、オフィーリア」

「キスの話だったはずだけど」

――それに、すべてを差し出すのはさすがに結婚してからなのでは？

どうしてだろう。

彼に求められていると思い知るほど、心がきゅうっとせつなくなる。

体は熱っぽくなり、レスターに触れたくなる。

自分でも自分がわからなくて、ついすげない態度をとってしまうのだが、彼はそんなことでひるまない。

レスターはその場に片膝をつき、オフィーリアの右手を恭しく持ち上げた。

「あなたのすべては、私のものです。ほかの誰にも譲りません。たとえ、相手が神だろうと」

手袋越しの甲に、彼の唇が触れる。

喉の奥が狭まり、鎖骨のあたりがせつない。

「ですが、今夜はこのあたりで退散しましょうか。いくつか、興味深い話も仕入れることができました。あとは、類似した噂を聞いたことがあるか、騎士団でそれとなく聞いてみます」

「わかったわ。あの……ありがとう、レスター。あなたのおかげで、情報を集めることができたと思う。感謝してます」

「あなたのためなら、なんだっていたします」

黒い仮面をつけた彼が、艶《あで》やかに微笑んだ。

† † †

「――次に、ジェライア王国の密偵に関して」

同じ騎士服を身にまとう団員たちを前に、レスターは白い外套を払って一同を見回す。

誰もが、じっとこちらを凝視していた。

それもそのはず、本日の申し送りでもっとも重要な話題だ。

「本日午前、ジェライア王国の者と思しき密偵一名を拘留。貿易商の一団にまぎれて入国し、王宮内で偵察活動を行っていたとみられる。名前、年齢ともに不詳、性別は男性。食事に手をつけず、こちらからの問いかけに一切の返答なし。偵察内容をまとめた書類を確保し、事務官に提出済である」

詰め所の外は、夕暮れ色に染まっていた。

夜の任務に当たる者たちに申し送りをし、レスターはこのあと帰宅の予定だ。

「今夜は警備体制を厳重にし、勾留中の密偵が脱獄するようなことが決してないよう、皆慎重に任務に当たってもらいたい」

「はい！」

一同がそろった声で返事をする。

「副団長」

右手を挙げたのは、伯爵家の次男でレスターより少し年上のズァイツェル・ハイロードだった。

ズァイツェルは優れた騎士である。粛々と訓練をこなし、後輩に稽古もつけ、任務に遅刻することなく、まじめに地道に騎士として仕える人物だ。

しかし、二年前に妹を亡くしてから、表情が暗くなった。青白い顔に沈んだ目をしていても、彼が優秀であることに変わりはない。

「ズァイツェル、なんだ」

「はい。ジェライア王国の密偵に関して、自分に取り調べをさせていただけないでしょうか」

寡黙なズァイツェルが、自分から立候補することは珍しい。

レスターは二秒ほど考えて、理由を問うことをやめた。

「いいだろう。ただし、取り調べは複数名で行う。ほかに希望者はいるか?」

若手の騎士が数名、手を挙げる。

その中から二名を選び、自分も入って計四名で取り調べを担当することとした。

――そういえば、ズァイツェルの亡くなった妹は、陛下の三番目の妃だったな。

三番目の王妃は、わずか一年で離縁し、伯爵家に戻ったと記憶している。その後、病に倒れ命を落とした。

もしもズァイツェルの妹が今も王妃の立場にいれば、レスターではなく彼こそが副団長になっていたかもしれない。

思考を何かがかすめたけれど、それがなんだったのかつかめないまま、申し送りは終わった。

勤務を終えて、レスターは街の見回りをしながら自宅へ向かう。

毎日、かならず道を変えて王都の様子を確認するのが日課になっていた。

馬車の窓から街を行く人々を眺めていると、幼い少女が駆けてくるのが見えた。

まだ、三、四歳だろうか。短い手足で走る姿は、ひどく危なっかしい。

――母親は、そばにいないのか？

あのまま、馬車の前に飛び出したりしてはことだ。

レスターは御者に命じて馬車を停《と》めさせると、少女に近づこうとした。

しかし、それは懸念に終わる。少女は正面から歩いてきた女性に、ふわりと抱き上げられたのだ。

「リリー、手をつないで歩かなければダメと言ったでしょう？」

澄んだ鈴の音のような声、品のあるやわらかな口調。

まさか、とレスターは目を瞠った。

――オフィーリア！

少女を抱き上げたのは、オフィーリア・オルブライトその人だった。

「だって、あっちにだいどーげーがきてるってメッファがいってたんだもの」

「大道芸人？　だったら、ちゃんとお姉さんたちと一緒に行かなくてはね」

「はやくいかないとおわっちゃうでしょ」

「大丈夫よ。わたしが連れていってあげる」

リリーと呼ばれた少女を下ろし、オフィーリアが小さな手をきゅっと握るのが見えた。

——知ってはいたけれど、ほんとうにボランティアをしているのか。なんて尊い人だ。

彼女のことは、朝起きる時間から、夕食の好みまで把握している。だから、街の教会が経営する孤児院のボランティアをしていることも、当然知っていた。

十七歳で妹のクローディアが王妃となったあと、オフィーリアは奉仕活動に精を出しているのだ。

——それにしても、リリーと呼んでいたか。

リリーとは、王妃クローディアの愛称として広く親しまれている。

王との結婚にともない、リリーホワイトというセカンドネームを授けられた。そこから、王妃はリリーと呼ばれている——らしい。

レスターの身近には、王妃を愛称で呼ぶような立場の者がいないため、市井でそう呼ばれていると噂で耳にする程度だ。

彼の存在に気づかず、小さなリリーと手をつないで歩くオフィーリアを見送っていると、唐突に少女がバランスをくずして石畳の上にこてんと転がる。

「リリー、大丈夫?」

しゃがみ込んだオフィーリアが声をかけると、リリーは火が着いたように泣き出した。

「うぇえええええあああ、いだい、いだいいいいいい」

「そうね、痛かったわね。でも、見て。怪我はこんなに小さいの。大道芸を見る前に、公園の噴水で洗ってあげる。すぐに治るから心配いらないわ」

「いたいよおおお、まままあああ、まままあああああ」

孤児院の子どもということは、リリーには育ててくれる母親がそばにいないことになる。どんな事情かはわからない。ただ、あの幼い子は母と暮らしていなくても、必死に母を呼んでいるのだ。

上着のポケットを外から撫で、レスターはそれの存在を確認して駆け出した。

彼女のもとへ、ただまっすぐに。

「レスター? どうしてここに?」

こちらに気づいたオフィーリアが、驚いたように目を丸くする。

その表情に、ほのかな喜びが見えると思うのは、自分の気のせいだろうか。

「偶然、馬車の中から見かけたのです。きみ、リリーと言ったね。怪我を見せてごらん」

少女の小さな膝小僧は、皮が一枚剥《む》けて血がにじんでいた。

「いたいの、リリー、とってもいたいの」

「ああ、そうでしょう。転ぶと痛い思いをする。だから、きみは気をつけて歩かなければいけません」

「うん、きしさまも、ころんだことがあるの？」

「ありますよ。きっとリリーの何倍も」

自然と笑みが浮かび、いとけない少女にポケットから取り出した塗り薬を見せる。

「おくすり？」

「ええ、そうです。きみは賢い子ですね。これは、傷をきれいに治してくれる薬です。オフィーリアに傷口を洗ってもらったあと、塗ってもらうといい。そうすれば、すぐに痛くなくなりますよ」

「ほんとう？」

「ほんとうです。騎士は嘘をつきません」

まだ目尻の赤いリリーが、涙目でニカッと笑った。

ああ、とレスターは記憶の中のオフィーリアを思い出す。

初めて出会ったとき、彼女もまた傷を負っていた。

——あれから私は、いつかあなたにこの塗り薬をわたすため、ずっと持ち歩いていた。

「レスター、あなたってとても用意がいいのね。それとも、騎士は皆そうなの?」

塗り薬を手渡されたオフィーリアが、手の中の容器とレスターを交互に見て尋ねてくる。

「いいえ、これはオフィーリアと出会った日から持ち歩いているものです」

「わたしと……?」

「はい。私は、まだ幼いあなたに会ったことがあります。八年前のことです――」

野犬を木枝で追い払おうとしていた彼女。

抱き上げた体の軽さに、めまいがするほどだった。

彼女と初めて会った日のことを話すと、オフィーリアは信じられないとばかりに口を手で覆った。

「まさか、あなたがあのときの騎士さまだったなんて」

「やはり覚えてはいらっしゃらなかったようですね」

「う……、だって、わたしはまだ子どもだったんですもの」

それもそうだ。

二十歳を過ぎていたレスターと違い、オフィーリアは幼かった。

それでも、出来事自体は覚えていてくれたのだと思うと、胸の奥が温かくなる。

「……わたし、あのときの騎士さまにとても感謝していたの」

「そう、なのですか?」

「ええ。怪我なんてしたら、お嫁のもらい手がなくなると、父からよく脅されていたのよ。だから、傷が消えなかったらどうしようって思っていて。あなたが大丈夫だと言ってくれてほっとしたわ」

「けれど、傷は残りましたね」

「ほとんどわからないわ」

彼女が手首を見て、ほらね、と笑う。

あのころと同じ笑顔を前に、レスターは泣きそうなほどの幸福を覚えた。

絶対に、彼女を守らなければいけない。

この人の笑顔を守れないくらいならば、騎士を名乗る権利などありはしないだろう。

「ねえねえ、だいどーげー、はやくしないとおわっちゃうよ」

小さなリリーがそう言って、オフィーリアのドレスの裾をつかむ。

「どれ、怪我をしたリリーを大道芸の広場までお連れしましょうか。途中のどこかで、傷口を洗って薬を塗るのを忘れてはいけませんよ」

「はーい！」

少女を左腕で抱き上げると、レスターは右手をオフィーリアに差し出す。

「あ、あの」

「あなたも一緒に行くでしょう?」

彼女はかすかに頬を染め、差し出された手に白くほっそりした指を載せた。

こうして三人で歩いていたら、家族のように見えはしないだろうか。

そんな妄想を胸に、レスターは広場へ向かった。

† † †

刻一刻と、二月二十日が近づいてきている。

しかし、二月に入って数日が過ぎるというのに、クローディアは投獄されていない。

――もしかして、レスターのおかげでディアは救われたのではないかしら。

今までにないほど、今回ふたりはいろいろと調査に出向いた。

オフィーリアの抱える秘密のすべてを明かしたことで、レスターの大きな協力を得られたのだ。

彼がいかに有能で優れた人物かを、あらためて知る日々だった。

可能性をひとつひとつ丁寧に潰していき、黒幕が判明せずともクローディアを守れるよう王の協力すら取り付けてくれたほどである。

王といえば――

クローディアが結婚した当初、オフィーリアはかの王をあまり好ましく思っていなかった。

なんなら、嫌悪感を持っていたといっても過言ではない。

しかし、国王ジェイコブは心の底からクローディアを愛してくれている。

その事実を知ったのは、初めてクローディアの処刑が決まったあの日だ。

過去八回、ずっと繰り返し身代わりとしてオフィーリアが処刑台に立っていたのは、ジェイコブの協力があったからこそだ。

彼は処刑の告示があったその夜、ハーシェル家に使者を送ってくる。

その使者に連れられて、オフィーリアは夜の王宮へひそかに入り込み、王と密談を交わした。

——陛下がお力添えをしてくれたから、わたしはディアと入れ替わることができた。

どうにかしてクローディアを救いたいと願うジェイコブは、オフィーリアが身代わりになって処刑台に立つという申し出を受け入れてくれる。

彼にとって、クローディアは唯一無二の妻だった。

たとえ王妃という立ち場でそばにいられずとも、ただクローディアに生きていてほしいとジェイコブは思っていたのだろう。

そして王であるジェイコブには、断罪された王妃を牢《ろう》から出すことはできずとも、双子の姉を最期の挨拶といって面会させる権力はあるのだ。

王宮でクローディアの側仕えをしていた侍女三名と、クローディアを慕っていた侍従二名が、入れ替わりの手伝いをしてくれることになった。

王の手配で、クローディアには眠り薬が使われている。

侍女、侍従たちと牢へ向かい、オフィーリアは速やかに入れ替わりをこなし、ショックで倒れたオフィーリア――という体裁のクローディアを見送った。

――さようなら、ディア。大好きな妹。あなたが幸せでありますように……

王家からの縁談を強く拒んでいたオフィーリアのために、自身が代わりに縁談を受けたクローディアの性格を思うと、処刑の身代わりを提案したところでありがとう、お願い、とならないのは目に見えていた。

もちろん、牢から出たあとも王が彼女を匿い、人目に触れないところで暮らしていけるよう手はずを整えてくれる。

――きっと、わたしが処刑されたあと、ディアは心を痛めていたでしょうね。

罪悪感は、愛しい妹をただ生かすという目的で塗りつぶしてきた。

「だけど、もう大丈夫。クローディアは今も平和に暮らしているんだもの」

やっと彼女を助けられるかもしれないというときになり、オフィーリアはこれまでのことをゆっくり思い出した。

今までとは状況が違っている。

きっと今度こそ、妹は無事に――

もし、今回も駄目だったとして。

そう考えかけた自分を、頭を横に振って否定した。

——レスターがいる。彼なら、クローディアを助けてくれる！

そのレスターは、いくつか情報をつかんでいるようだが、詳細を教えてくれない。彼はいつも「ご安心ください」と微笑むばかりだ。

——黒幕が誰かなんて、興味はないわ。ディアが無事ならそれでいい。レスターも、わたしのそういう気持ちを知っているのかもしれないわね。

むしろ、真犯人を教えられていたら殴り込みに行きそうだと思われている可能性も否めない。自分ではそこまで過激派のつもりはないけれど、クローディアに害をなす人間を見過ごすつもりもなかった。

「構わないわ。ディアが無事なら、わたしはそれだけで満足だもの」

声に出してみると、いっそう自分の気持ちがはっきりする。

だが、同時に言葉にせずとも胸の奥にある感情をオフィーリアは自覚しはじめていた。

——もしまた失敗したとしても、何度だって、ディアのためにわたしは命を差し出す。だけど……

いつもと違うのは、レスター・クウェイフを残していく未練である。

きっと、オフィーリアは彼と親しくなりすぎてしまったのだ。

——初めてのキスをした人。

クローディアの身代わりとなって処刑されれば、また時間が巻き戻る。

過去に戻ったら、次の十二月二十日にも、レスターは存在するだろう。

ただし、そのレスターには、オフィーリアとキスした記憶がないというだけの話だ。

——ああ、そういうことだったのね。

今さらになって気づく。レスターが、別の時間の『レスター』に嫉妬した意味を。

同一人物だといっても、経験と記憶が異なれば、それはたしかに別人なのだ。

人は記憶によって構成されている。同じ顔、同じ声をしたオフィーリアとクローディアが別人なのは、ふたりがそれぞれの記憶を持っているからだ。

だとしたら、次に出会うレスターは、この世界で協力してくれた彼ではない。

——もし処刑されてしまったら、わたしは今のレスターに報いることはできなくなるんだわ。

初めてのキスの記憶も、オフィーリアだけのものになる。それがひどく寂しかった。

コンコン、と控えめなノックの音がして、「どうぞ」と告げる。

扉を開けたのは、侍女のミリアムだ。

「オフィーリアさま、エフィンジャー公爵家のレスター・クウェイフさまがご来訪でございます」

「レスターが？」

突然の事態に、眉根を寄せる。

この世界では、レスターと互いの家で会うことを避けていたはずだ。それがなぜ、急に？

「応接間でお待ちです。いかがされますか？」

「……すぐに行くわ」

——急な来訪ということは、もしかしてディアのことで何か進展があったのかもしれない！

衣服を整えて、オフィーリアは階下の応接間へ向かう。

心臓が、やけにうるさい。

彼に会えるのが嬉しいのではなく、妹のことが気になるから。

そんな言い訳をして、オフィーリアは東向きの応接間に到着した。


「湖へ行きましょう」

「はい？」

「ああ、失礼。説明が足りませんでしたね」

レスターは長椅子で脚を組んで、膝の上に手を置いている。

「私はあなたを心から愛しています。ですのでどうしてもあなたとふたりで外出をしたいのです。どうか、湖へ同行していただけませんか？」

——その説明、ほんとうに必要だった……？

はあ、と息を吐いて、オフィーリアはひたいに手をやった。

「わかってる？　もう、二月なの。あまりのんきにはしていられないわ」

「だからこそ、外に連れ出したいんです」

「そんな気分じゃないわ」

「だったら、どんな気分なのですか？」

問い詰められるほどのことだろうか。

「わ、わたしを安心させたいなら、黒幕関連の情報をくれてもいいじゃない！」

思わず本音が口をつき、オフィーリアはぷいと顔を背けた。

ずうずうしいことを言っていると自分でも思う。クローディアが投獄されていない現状は、彼のおかげだ。情報を与えられない理由についても、つい先ほど思い至っている。

「今のところ、私が知るかぎり、王妃はこのままご無事に暮らしていける予定です」

「……ほんとうに？」

「ええ、ほんとうです。ですので、どうかご褒美をくださいませんか？」

——ご褒美？　それは、わたしがほしいという意味なの……？

うつむいて目をそらすと、レスターが「オフィーリア」と呼びかけてきた。

その声は、あまりに優しくて。

自分の名前が、特別なものになったような気がした。

「…………」

何も言えずに顔を上げれば、彼はじっとこちらを見つめている。

声だけではなく、目も優しい。

氷剣のレスターは、鋭い目つき、氷のようなまなざしの騎士だと誰もが口にしていた。

けれど、オフィーリアの前にいる彼はいつだって氷とはほど遠い情熱の人だ。

赤みがかった黒の瞳には、慈愛がにじんでいる。

街で転んだ少女のために塗り薬を差し出してくれる。

今だって、彼自身の欲求のようなふりをして外に連れ出そうとしてくれるのは、オフィーリアを心配してのことに違いない。

いや、それについては多少の異論もある。彼がオフィーリアと外出したいから誘ってくれているのが半分、二月になって緊張しきりのオフィーリアを慮《おもんぱか》ってくれているのが半分というところか。

「王妃を救うために、どうしようもなくなったらあなたは自分が身代わりになるおつもりだったのでしょう？」

まるでこちらの心を読んでいるかのように、レスターが静かな声でそう告げた。

疑問形でありながら、彼にはすでに答えがわかっている。そう思わせる問いかけだった。

「……知っていたのね」

唐突すぎて、ごまかしようもない。

「そうでなければ、辻褄《つじつま》が合わないんです。オフィーリア、あなたがこの世界を九回目だというのは、あなただけが時間を遡行しているのは——あなたが、毎回命を落としているからですね」

「…………」

そこまで、気づかれてしまったのなら隠すことはできないだろう。

オフィーリアは、二月二十日に処刑されるクローディアを救いたいという部分だけをレスターに詳細に話していた。

自分が身代わりとなってギロチン台に乗ったことを、いちいち言う必要はないと思ったからだ。

——それに、わたしを想ってくれているレスターに、そんなことを言いたくなかった。

「あなたは、まるで伝説の女神エンゲのようです」

「わたしが……？」

オフィーリアの母は、女神エンゲの神殿にまつわる家の出身である。

だから、幼いころからエンゲの伝承はよく聞かされて育った。

いや、おそらくレイデルド王国の子どもたちは皆、エンゲの物語を知っているだろう。

この国の水の女神、そして海の女神であるエンゲの悲しい神話を。

レイデルド王国だけではなく、大陸全土にわたって伝わる女神の物語は、彼女が人間の男に嫁いだところから始まる。

美しき女神エンゲを巡って、神々は争いを繰り広げていた。

しかし、当のエンゲは求婚してくる神たちではなく、ひとりの人間の男を愛したのである。

彼女は神の国を捨て、人の世界で生きようとした。

しかし、神々はそれを許さず、エンゲに罰を与えたのだ。

その罰こそが、何度も生き直しをする運命だった。

エンゲは何度も殺された。

刺され、撃たれ、殴られ、蹴られ、焼かれ、突かれ、穿《うが》たれ、斬られ、突き落とされ、抉《えぐ》られ、切り裂かれ、絞められ、何度も何度も――何百回と、殺された。

そのたびに、彼女は生き返る。

神の国を拒んだ女神には、魂を受け入れる先がないゆえに、生き直すことが強要されたのである。

ただ死んで生き返るだけではない。

エンゲは、殺されるたびにひとりずつ周りの人間を失っていった。

エンゲが生き返るために、ひとりの人間の命が消耗されていく。

何もかもを失って、それでも愛する夫だけが残った。

次こそは、彼が奪われてしまう。

だが、自分から命を絶ったとしても神々の与えた罰は覆らない。

思い悩んだエンゲを、この苦しみから救うため、人間の男はたったひとつの命を自ら差し出すことを決めた。

ふたりは、手をつないで深い湖に身を投げたのである。

ともに生きることが叶《かな》わないのなら、せめてともに死ぬことを選んだ。

そして、エンゲはたったひとりで湖の中、目を覚ます。

つないだはずの手は、何もつかんでいなかった。

湖の底に沈んだ夫には、もう二度と会えない。

孤独の闇の中で、女神は泣いた。

その涙は湖の水を塩辛く変えて、次第に世界中を包み、やがては海となったという。

だから、エンゲは水の女神であり、海の女神なのだ。

「……わたしは、女神ではないわ」

「知っています。あなたは人間で、女神ほど強くない」

「そう、かもしれない。だけど……」

それでも、妹を見捨てることはできない。

この世でたったひとり、魂を分け合ったクローディア。

彼女の死を受け入れてレスターの手を取ることは、どうしてもオフィーリアにはできなかった。

「行きましょう。あなたの妹は――いいえ、オフィーリア、私があなたを守ります」

オフィーリアの言葉の続きを待たず、レスターが立ち上がって手を差し伸べてくる。

どこへ、とはもう尋ねなかった。

彼は湖へ行こうと言った。

それはおそらく――


冬の湖は、悲しいほどに美しい。

王都を離れて数時間。

ふたりは、今にも空気が凍りそうなほど寒い湖畔に立っていた。

「ここは、エンゲが夫とともに飛び込んだとされる湖です。この底に、人の身でありながら女神を娶《めと》った男が沈んでいるのでしょう」

「エンゲは、この湖でひとり目覚めて、それからどうしたのかしら」

「海を作ったのでは？」

「いいえ、そのあとよ」

神話は、涙の海を生んだ女神のその後を語らない。

だが、エンゲが現在この世界に生きていないのならば、彼女は神々の許しを得たのだろうか。

そうでなければ、彼女の物語がほんとうの意味で終わることはなかったのだから。

何も言わずに、レスターがオフィーリアの手を握る。

防寒の毛皮が、ちり、と首筋を刺激した。

「私には女神の気持ちはわかりません。ですが——あなたの最初で最後の夫になりたいと願っています。女神とともに湖に飛び込んだ男の気持ちなら、想像ができる」

かじかむ指先に、彼の熱が伝わってくる。

決して冗談で言っているのではなく、レスターは本気だ。

「レスター、わたしは……」

そんな悲しいことを言わないで。

ふたりで生きる道を模索している最中ではないのか。

死によって結ばれる恋ではなく、生きて幸福を得るためにふたりはここにいる。

妹の無事はわかっているのだ。今生では、死がふたりをわかつことはない。それなのに、心は今にもあふれてしまいそうな涙で満たされている。

心が張り裂けてしまいそうなふたりを、灰色の空が見下ろしていた。

「おわかりですか？　私はあなたをほかの誰にもわたす気はないという意味です。相手が王であろうと、神であろうと、あなたを奪われるつもりは毛頭ありません」

レスターも、せつなげに目を細める。

冗談めかしているけれど、そこには彼の本心がにじんでいた。彼はいつも、すべてが本気にも思えるから困りものだ。

「ねえ、レスター」

大きく息を吸って、オフィーリアは冬を胸の中に閉じ込めようとした。

吸った空気は、どうしても吐き出すことになる。

この体の中に、永遠を作ることはできない。誰もが皆、流動する時間の中で生きている。

「もし、もしも、ディアの身に何かが起こったとしても、わたしはきっとまた過去に戻るだけ。あなたが一緒に死ぬ必要なんてないの」

それに、とオフィーリアは付け加える。今まで、彼に詳しく話してこなかった事実を。

「もう気づいていたから、陛下にもわたしをわたさないと言ったんだと思うけど」

「ええ、もちろんです。あなたが王妃と入れ替わるのに、国王陛下のご助力なくして立ち行かないことでしょう。つまり、陛下は私の愛する女性の命を奪っていくことを——」

「言わないで」

彼の口元に、手を伸ばす。

「それは、言ってはいけないことなの。だって、この世界ではまだ起こっていない。そうでしょう?」

冷たい風がオフィーリアの白い指を震わせた。

レスターが彼女の手を握って温めてくれる。

――ほんとうに、あなたって不思議な人ね。だけど、いつだって優しい。わたしはずっと、あなたの優しさに許されてきたのかもしれない。

「いっそ今ここで、あなたと手をつないで湖に飛び込めば、私も記憶を持ったまま過去に戻れるかもしれません。そうなれば、今よりももっとオフィーリアの力になれます」

唐突すぎる提案に、驚きで言葉を失いそうになった。

「あのね、レスター」

小さく息を吐いて、オフィーリアは彼を見上げる。

「もしそれで、ふたりとも死んでしまったらどうするの？　時間が巻き戻らず、ただわたしたちが心中しただけってことになったら？」

「そのときには天国で結ばれることを信じます」

――そういう問題ではないんだけれど！

なんにせよ、彼の愛だけは伝わってきた。

今は、その無償の愛が自分を支えてくれている。

「ほんとうにあなたって……」

「オフィーリア」

握った手を引き寄せて、彼がオフィーリアの体を強く掻《か》き抱《いだ》いた。

「きゃっ、な、何を急に……！」

逞《たくま》しい腕に抱きしめられ、心がせつなさに甘く疼《うず》く。

頬が触れた部分から、彼の鼓動が伝わってきて、その大きな音に初めて気づいた。

いつだって、レスターといるとオフィーリアの鼓動は速くなる。大きくなる。呼吸さえ、苦しくなってしまう。

――だけど、それはレスターも同じだったのね。

彼のことが、心から愛しい。

自分のために、命まで擲《なげう》つ覚悟をしてくれた人。

「添い遂げられるのなら、ここでなくたって構いません。あなたさえいてくれるのなら、私はどこでだって生きていけます。ですが、天国にいる時点で私たちは生きていないということになりますよね。愛しいあなたとの未来は、やはりこの世であってほしいと願うのは私のわがままでしょうか……」

やけに真剣な声で、レスターが問いかけてくる。

どうしようもなくまじめで、どうにもならないズレた思考を持つ彼が、今はただ愛しくてたまらない。

「誰だって、生きていたいのは当たり前でしょ。別にわがままではないと思うわ」

「そうですか。では、あなたも生きていたいと思ってくださるのですね」

「……それは、その……」

「生きていたいと、思ってください。あなたの願いを叶えるために、私はここにいるのですから」

そんなに優しくされたら、目の奥が熱くなってしまう。

泣きたくないのに、こらえきれない。

誰も死にたいわけではない。

その言葉を、オフィーリアから引き出すための誘導だった。

優しい企《たくら》みが彼らしくて、ぎゅっとレスターの胸にしがみつく。

「ひとりで背負わないで。私は、私だけは何があってもあなたの味方でいます」

何も言えずに、オフィーリアは肩を震わせていた。

――こんな時間を、こんな気持ちを、過去に戻ったらあなたは覚えていない。これは、わたしだけの思い出になる……

だから、生きていたい。彼と生きて、未来を紡ぎたい。

自分の死に鈍くなっていたオフィーリアは、このとき初めてもう死にたくないと心から思った。

灰色の空は、雪を降らせはしない。

雪が降るのは、二月二十日と決まっているのだ。

死にゆく王妃の上に、白く舞う六花をオフィーリアは知っている。

だから、彼の言葉を信じたい。

もう死に戻る選択は必要ないのだと。

ここで、この世界で、オフィーリアは生きていけるのだと――

† † †

湖畔に建てられた古い別荘には、大きな暖炉があった。

パチパチと火を爆《は》ぜる暖炉の前で、ラグに座ってふたりは夜までなんてことのない話を続けた。

今までクローディアの処刑を中止させるためのことしか話してこなかった。たまにはこうして、どうでもいいことを話して笑いたかったのかもしれない。

「――それで、わたしのドレスのサイズを知っていたのはどうして？」

「勝手に淑女の採寸表を入手したことは謝罪いたします」

「謝罪しなくていいから、どうやって知ったのか教えてほしいんだけど」

「仕立て屋に金を積みました」

「なっ、なんですって⁉」

「そのとき、女性の助手から特別な情報も得ています」

「聞くのが怖いけど、いったいどんな情報を入手していたのかしら。教えてくれるわよね、レスター?」

「そうですね、いつか」

「いつかじゃなく、今!」

「では、その代わりに何か、私だけが知っているあなたの秘密を明かしてくださるのですか?」

「う……」

一晩中、話してわかったこと。

きっと、レスターも同じ気持ちだった。

ふたりの時間を、ふたりのためだけに使う。そんな贅沢《ぜいたく》を堪能しながら、夜が更けていった。

——ああ、そうなのね。

はたと気づいて、オフィーリアは会話を止めた。

「……そのために、わたしをここに連れてきたということ」

「オフィーリア?」

「気づかなかったわたしが愚かだわ。レスター、あなたはわたしを王都から遠ざけたかったの?」

まっすぐに彼を見つめる。レスターは、黙って目をそらした。

二月二十日まで、まだ時間はある。

妹が投獄されていないのに、オフィーリアはずっと気を張っていた。

何かが起こってしまうのではないかという不安に。

何も起こらない平和を忘れてしまった緊張に。

指折り、日付を数えては毎日覚悟を決めて朝を迎えた。

クローディアに何かあったら、かならず自分が身代わりになろう、と。

「せめて一日だけでもふたりきりで過ごしたかったというのは偽りではありませんよ」

微笑んだレスターの優しい嘘が、今だけはすぐに見抜けた。

「そう……。だったら、今だけはその言葉を信じてみようかしら」

おずおずと、右手を伸ばす。

ブランケットが膝から落ちて、黙り込むふたりの間に薪《まき》が燃える音だけが聞こえていた。

指先が触れた頬は、表面が少しひんやりしていて、奥に熱があるのを感じさせる。

「オフィーリア……？」

「わたし、あなたのことをまだぜんぜん知らない」

何度も何度も、何度も。

死に戻るたびに、彼はオフィーリアに求婚してくれる。

「あなたとの出会いは語ったはずですが」

「ええ、聞いたわ。だけど、そのときに好きになったわけではないんでしょう?」

「そう、ですね」

レスターの頬に触れる手を、彼がそっと包み込んだ。

今夜、世界が終わってしまったとしたら。オフィーリアは、そんな妄想に心を奪われていく。

もしも今夜、世界が終わったなら、きっと後悔するだろう。二度と死に戻ることのない終焉《しゅうえん》を迎えたとき、考えるのはレスターのことだ。

この人の求婚に応えていたら、どんな未来があっただろう。

彼の望んでくれた将来を、ふたりで過ごす。

――自分勝手だと言われてもいい。今だけは、この夜が終わるまで、残されたわずかな時間だけは、レスターのことを考えていたい。

「レスター」

「なんでしょうか」

「……あなたの好きに、して」

ほかに言葉を知らなかった。

これは、オフィーリアにとっては愛の告白も同義だ。

「何をおっしゃっているんです。まさか、限界を超えてしまわれたのでは」

なんの限界なのかわからないけれど、こちらの気持ちは固まっている。

「そうじゃないの。そうではなくて……」

自分から、レスターに身を寄せた。

今、ここにいる『レスター』の思い出がほしいと強く感じる。

これまでに出会った、彼。

誰もがレスター・クウェイフであり、そして誰ひとりとして目の前の『レスター』の記憶は持っていない。

――あなたの思い出がほしい。わたしは、あなたのことが……

「哀れみを、くださるのですか？」

「違うわ」

「では、温情を？」

「そうじゃない。わたしは、あなたのことを――」

その先は言葉にならなかった。

心の問題であり、体の問題でもある。

続きを口に出せないオフィーリアの唇を、レスターが甘く塞いでしまったのだ。

重なる唇から、声にならない想いが伝わればいいのに。

そう思う反面、伝えるときには自分の意志で告白したいとも考えている。

──それはきっと、二月二十日を過ぎてから。

「唇が震えていますよ」

「……それは、あなたも」

「ばれましたか。こんなにも愛しい気持ちを胸に抱えていると、触れるだけで息が止まってしまいそうになります。オフィーリア、あなたを愛しています」

ふたりの体が、ラグの上にゆっくりと重なった。

心臓が肋骨《ろっこつ》から飛び出してしまうのではないかと思うほど、早鐘を打っている。

──わたしの鼓動が、レスターに聞こえてる。彼の鼓動が、わたしに聞こえてる……。

衣服を間に挟んでいても、互いの鼓動が相手の右胸に響いていた。

異なる律動を感じながら、何度も何度もくちづけをかわす。

すると不思議なことに、だんだんとふたりの鼓動がそろっていく。

そして、どちらからともなく口を開き、舌先を絡み合わせた。

「ん、ぅ……っ」

探るような動きで、そろそろと彼の舌が口腔《こうこう》をまさぐる。

その動きに、オフィーリアの息が上がっていく。

──こんな感覚、知らない。自分の中に、自分ではない誰かがいる。

舌先を触れ合わせると、背骨を伝って甘い予感が駆け上がった。

吐息を呑み込むように、彼が優しく吸い上げる。

心が、唇から吸い出されてしまう。

「ん、んっ……」

「オフィーリア、あなたはなんてかわいらしいんでしょうね」

「わたし、かわいくなんか……」

「かわいいですよ。こんなにかわいいあなたを知ることができて、幸せです」

夢見るような笑みを前に、涙がこぼれそうになった。

ドレスの背中のボタンが、ひとつずつ丁寧にはずされていく。

布の隙間から忍び込む冷たい夜気が、自分のしていることをまざまざと思い知らせていた。

結婚どころか、婚約相手ですらない男に、肌を許している。

だが、これこそがオフィーリアの意志だ。

——あなたに、触れてほしい。

震える指で、彼の上着のボタンをつかむ。

そして、ふたりはラグの上で素肌の上半身を重ね合わせた。

ふたつの胸の膨らみを、レスターの鍛えられた胸筋が優しく押しつぶしてくる。

心の深いところまで届く、熱。

それこそが、彼の愛情なのだとオフィーリアは知っていた。

「触れてもいいですか？」

こんなときに、今までいちばん紳士的な態度をとる彼が憎らしくて、愛しくて。

「……触れ、て……」

「仰せのままに」

長い指が、つう、と鎖骨から下へ体の輪郭をたどっていく。

肌の表面は、彼に触れられたところがせつなさでひりついていた。

胸の膨らみに到達すると、レスターは手のひらを使って乳房を下から持ち上げる。

「ぁ、あっ……」

自分の内側から、こらえきれない嬌声《きょうせい》があふれてしまう。

目に映る自分の体が、いつもと違っているのがわかった。

胸の先端がきゅうと凝《しこ》り、空気に触れるだけで腰の深いところに甘い疼きが渦を巻いた。

――レスターに、見られているだなんて……

自分から誘っておきながら、赤のにじむ美しい黒い瞳で見られていることに、オフィーリアは羞恥心で消えてしまいたくなる。

「あなたの体は、こんなにもしなやかでやわらかいのですね、オフィーリア」

「レスター、ぁ、あっ……！」

親指が、屹立《きつりつ》した先端をあやすように撫でた。

ビクッと腰が跳ね、胸から全身に巡る快感の糸を引き絞られる気がした。

「それに、とても感じやすい」

彼の唇が胸元に近づく。

――嘘、何を……?

理解するより早く、色づいた部分がレスターの口に含まれていた。

やわらかく濡れた粘膜が、しっとりと乳首を包み込んでいる。

「は……っ……ぁ、あっ、何……?」

軽く唇で扱《しご》かれて、オフィーリアは目の前が白く発光する錯覚に陥った。

こんな感覚は、生まれて初めてだった。

キスで体の中に他者を受け入れ、今度は自分の体をレスターの口の中にあずけている。

「ぁああんッ、ん、やぁ……っ」

ちゅく、と吸い上げられると、全身が初めての快感に震えた。

彼はオフィーリアの声にひるむことなく、ねっとりと舌を乳首に絡めてくる。

唾液で濡れた部分は、舌で捏《こ》ねられるたび、せつなさに充血していく。

「ああ、かわいい。なんてかわいらしいんですか、オフィーリア。この愛しさは罪かもしれませんね」

「そ……っんな、知らない。わたし、こんなの……」

「知らないなら、一緒に学んでいきましょう。あなたの体が、私に愛されてどんなにいやらしく腰を揺らしているか」

「いや、ああ、あっ」

下着の隙間から、レスターが脚の間を縦になぞる。

柔肉の間《あわい》を撫でられると、くちゅりと濡れた音が聞こえた。

「っっ……ぁ、あ、あ」

彼の指は、蜜口をやんわり探ったあと、そのままオフィーリアの中へ侵入してくる。

――入って、くる……！

初めて受け入れる異物に、全身が粟立った。

脚をぴんと伸ばして、こわばった体。

それでも、彼を受け入れる隘路《あいろ》は甘く濡れている。

「中が、私の指に吸いついてきますよ」

「……っ、恥ずかし……」

涙目で、オフィーリアは彼を見上げた。

すでに頬は紅潮し、息は上がり、目は潤んでいる。

レスターが安心させる素振りで、オフィーリアの頬に唇で触れた。

しかし、蜜口に埋め込まれた指が、どうしても存在を忘れさせてくれない。

体の内側をたしかめられる感覚に、オフィーリアは身を捩《よじ》る。

「ここが気持ちいいんですね」

「え……あ、あっ……⁉」

前触れなく指が抜き取られた。ほぼ同時に、下着が引き下ろされていく。

何が起こっているのか心が追いつくより先に、ぐいと両脚を大きく開かれていた。

脚の間にレスターが膝立ちになり、オフィーリアの秘めた部分をじっと見下ろしているではないか。

「っっ……！　だ、だめっ、見ないでぇ……」

手で隠そうとすると、左右の手首を同時につかまれてしまった。

「う、う……、レスター……」

「そんな泣きそうな声で名前を呼ばないでください。ますます興奮してしまいます」

あられもない発言と、どうあがいても美しすぎる微笑を前に、オフィーリアはますます恥ずかしくてたまらなくなる。

もぞ、と腰をずらして彼の目から逃れようとしたのを、レスターは見逃さなかった。

「いけませんね。逃がしませんよ」

言うが早いか、彼は予想外の行動に出る。

――なっ……何を考えているのっ⁉

オフィーリアの鼠径部に、黒髪が揺れていた。

「やめ……っ……」

「やめません。あなたを愛することだけは、やめられないんです」

彼が言葉を紡ぐたび、オフィーリアの敏感な部分がくすぐられる。

レスターの唇は、濡れた柔肉に押し当てられているのだ。

「お願い……っ、そんな、ところに……」

「あなたの体はどこもかしこもきれいですよ。それに、ここはひどく甘い香りがする。私を誘い、狂わせる魅惑の香りが」

次の瞬間、何かやわらかくて生き物のようなものが、オフィーリアの儚い部分をうごめいた。

「っっ……！　ぁ、何、何を……!?」

自分の下腹部に視線を向け、彼のしていることに思い当たる。

睫毛を伏せたレスターが、一心不乱に——舌を動かしているのだ。

——わたしの……レスターが舐めてるだなんて。

ぴちゃ、ぴちゃり、と体の中を伝って音が聞こえてくる。

そのたび、オフィーリアは細かく体を震わせた。

「ひぅ……っ、ん、ぁ、ああ、何、これ……っ」

腰の奥にわだかまる快楽の渦が、甘くほどけて溶け出していく。

彼の唇を濡らす蜜は、あとからあとからあふれてしまう。

濡れるほどに、舌の動きをうながすのだろう。

次第にレスターの舌が、大胆にオフィーリアを翻弄しはじめた。

「香りだけではなく、味も甘いのですね」

「し、らなっ、あ、ああ、あぅッ……」

「こんなに濡らしておいて、知らないだなんて。オフィーリアは自分のことを知らないとおっしゃるのですか?」

舌先が、亀裂の始まりにくいっと割り込んでくる。

「ひっ……！」

これまでとは違う、ひりつくような快楽に、高い声をあげた。

「ここも、ぷっくりと腫れていますよ」

「な、に……? あ、あっ、そこ、ダメぇ……！」

花芽をれろれろと舐められて、身も世もない刺激にオフィーリアは腰を浮かせる。

すると、いっそう彼の口に自分を押しつける格好になった。

レスターが、唇で花芽を食《は》むと甘く吸い上げる。

「！ っぁあ、あ、っ……」

どうしようもないほどに感じてしまう。こんな快感が、あるだなんて。

舌先が、つぶらな突起をつついてくる感覚に、腰が溶けてしまいそうだった。

は、はっ、と呼吸が浅くなっていく。

——わたしの体、おかしくなってる。

彼の舌が躍るたび、オフィーリアは体を左右に揺らして快楽を逃そうとした。

けれど、乳房をはしたなく揺らすばかりで、悦《よろこ》びは積み重なる一方だ。

「そんなにいやらしい表情を見せていただくのは、初めてです。もっと、あなたを感じたい」

「レスター、ぁああ、待って、待っ……」

「嫌です。待てません」

「ひ、ぁああんっ」

白い喉をそらして、オフィーリアは天を仰ぐ。

もう、薪の燃える音も聞こえなかった。

彼の舌が自分を舐《ねぶ》る淫靡な水音だけが、室内に響いている。

——ダメ、何か、来る……！

「やぁ……っ、ヘン、になっちゃう……」

「構いません。どんなあなたも愛しています」

「違うの、違うっ、あ、あっ」

「達してしまいそうなのでしょうか？　でしたら、遠慮なく」

舌が花芽の周囲にゆったりと円を描いたと思った直後、レスターが噛みつくように激しくそこにキスをした。

「あァぁあ、ぁ、あ、っ……!」

快楽が一点に集中していく。

涙目で声を嗄《か》らし、オフィーリアは啼《な》いた。

それが、初めての果てだと知るのはまだ先のこと。今の彼女には、そんなことがわかるはずもない。

曲げて立てた膝が、ガクガクと震えている。

まぶたの裏側で、白い光がいくつも生まれては爆ぜた。

「ああ、なんて愛しいのでしょうか。あなたの体は純真で、こんなにも素直なのですね」

顔を上げたレスターが、蜜で濡れた唇を手の甲で拭う。

「レス、ター……」

「はい。ここにいますよ」

「レスター、レスター……」

幼い子どものように、オフィーリアはただ彼の名前を呼ぶ。

行為そのものは初めてで、どこまでが愛撫《あいぶ》なのかもわからない。

けれど、ひとつだけ。

オフィーリアにもわかること、それは――

「……レスターも、気持ちよくなってほしいの」

「！」

彼のトラウザーズの腰元が、ひどく張り詰めている。

男性の性欲がどのようなものか具体的に知らずとも、子作りのために何をするかは教えられていた。

社交界デビューの前に、女性の家庭教師から生殖について教わるのが、この国の淑女のたしなみだ。

――わたしばかりが気持ちよくても、結ばれたことにはならないんでしょう……？

「そんなことを言って、私を惑わせるのですね？」

「わたし、惑わせてなんて……」

「一度触れてしまえば、立ち止まるのは苦痛です。それでも、あなたの望みなら私はなんだって応えたい。ただ、本能は理性で押しとどめられません」

何を言われているのかわからない。

レスターが、トラウザーズの前を寛《くつろ》げるのが動作から伝わってきた。

そして、そこから姿を現したのは――

「お、大きい……」

美貌の彼とは結びつかない、ひどく凶暴な雄の証だった。

反り返る太幹には、ビキビキと血管が浮いている。

先端は傘を広げたように張り詰めて、くっきりとした段差を描いていた。

これが、自分の中に入るだなんて信じられない。

「あなたに触れながら、自分を慰めることをお許しいただけますか、オフィーリア」

「え……?」

自分を、慰める。

知識として、その意味はわかる。わかるけれど、なぜ今、ここで?

「ああ、なんて慈悲深いのでしょう」

何も答えていないのに、彼は薄く笑みを浮かべてオフィーリアの亀裂に亀頭をこすりつけてきた。

「！　レスター、あ、ぁっ……」

「大丈夫ですよ。怖がらないでください。あなたの蜜をまぶして、やわらかな肌を感じたいだけです。決して、あなたを傷つけたりはしません」

そう言って、レスターがゆるゆると腰を揺らしはじめる。

挿入するのではなく、オフィーリアの柔肉の割れ目に雄槍をはめ込み、こすりつけてくるのだ。

「ぁあ、熱い、の……」

脈を打っているのは、彼か、自分か。

それすらもわからなくなるほどに、ふたりの敏感な部分が密着していた。

にちゅにちゅと、形容し難い音が聞こえる。

胸の先はひどく屹立し、今は触れられてもいないのにはしたなく揺れた。

「ぁ、ぁ、あっ」

「あなたの肌が、肌の香りが、その温度が、私を狂わせるのです」

痛みをこらえるような表情で、レスターが囁く。

鼓膜が、彼の声に濡れてしまう気がして、オフィーリアは――

「レスター、お願い……っ」

両腕を伸ばし、彼に抱擁を懇願する。

「私を、求めてくださるのですか……？」

彼の問いに、身も蓋もなくうなずくと、レスターが体を前に倒して覆《おお》いかぶさってきた。

その重さが、彼の存在だ。

裸の背に腕を回し、オフィーリアは気づけば自分から腰を振っていた。

彼の与えてくれる快楽を、もっともっと受け止めたい。

そして、できるならば彼にも気持ちよくなってもらいたい。

たどたどしい動きは、少しずつ彼に噛《か》み合《あ》っていく。

「ああ、オフィーリア……！」

こらえきれないとばかりに、レスターが唇を重ねてきた。

それまでのキスとは違い、衝動のままに彼は舌をねじ込んでくる。

「んんっ……ん、く……っ」

呼吸を奪われ、愛情を注がれ、めまいがした。

彼と分け合う快楽は、禁断の果実よりも甘いのかもしれない。

「は……っ……、もう、我慢できません。想いを遂げることをお許しいただけますか……？」

何を請われているのかわからないまま、オフィーリアは視線だけで彼にうなずく。

「オフィーリア……！」

レスターの腰の動きが、いっそう加速した。

「ひぁッ、ぁ、あ、わたし、も……」

「ええ、何度でも達してください。あなたの心に、私を刻みつけるために……」

せつない吐息が、混ざり合う。

キスに濡れた唇は、ひどく腫れぼったい。

「っっ……、ぁ、来る、何か、来ちゃうの……」

「ああ、止まらない。オフィーリア、もう限界です。あなたを愛しています……っ」

ふたりが果てにたどり着いたのは、同時だった。

何も受け入れたことのない隘路がひくひくと空白を食いしめて、絶頂に喘《あえ》ぐ。

レスターの劣情は、先端から白濁を迸《ほとばし》らせて、オフィーリアに放った。

遂情《すいじょう》に憂う彼の呼気が肌をかすめる。それがひどくせつなくて、嬉しくて、泣きそうになるのだ。

「——この続きは、二月二十日を過ぎてからにいたしましょう」

「どう、して……?」

彼の言いたいことはわかった。

だが、今ここにあるふたりの欲望から目を背けるのか。

「あなたから愛の言葉をいただきたいのです、オフィーリア」

「わたしだって、あなたのことを」

言いかけた唇を、レスターが人差し指でそっと封じる。

「急ぐ必要はありません。あなたの大切な双子の妹が幸せになるのを待って、私たちの未来を描いてもいい。私はそう思っています。何より、あなたには私のことだけで頭をいっぱいにしていただきたいですからね」

気がかりを抱えたままではなく、クローディアの問題を解決してから次の段階に進もうと考えるレスターは、とても頼もしく感じた。

「わかったわ。ありがとう、レスター」

「お礼を言われることではありません。そのときが来たら、あなたのすべてをいただきます」

湖畔に朝が訪れる。

世界は光に満ちていた。

ふたりの幸福は、約束されている。

このときは、心からそう思った。そう、このときは、まだ――

† † †

――どうして？　冤罪に陥れられることはなかったのに、どうしてこんなことに……？

咳《せ》き込《こ》むたび、口から鮮血が飛び散る。

「オフィーリア！」

倒れそうになる体を抱きとめて、レスターが悲痛に顔を歪めていた。

その日は、クローディアが手配してくれたおそろいのドレスを初めて着た日だ。

二月二十一日。

処刑の日を過ぎ、やっと安堵したというのに。

クローディアに誘われて、レスターとふたりでお茶会に参加した。

控えの間には侍女のミリアムもいるはずだ。

――ああ、わたし、また死んでしまうのね。レスター、ごめんなさい。二月二十日を過ぎても、この悪夢は終わっていなかった。誰かがクローディアを殺そうとしている。処刑という方法でない場合には、直接的に毒を盛ってまで王妃をこの世から消そうとしている誰か。

偶然にも、クローディアはちょうど席をはずしていた。先ほど、王宮の侍女がやってきて妹を連れていったのだ。

では、誰が？

わからない。

双子はお茶会の席につくとすぐに、席を交換した。

レスターというたったひとりの観客の前で、侍女たちがふたりを席の場所でしか見分けられないのを余興に用いたのである。

「オフィーリア、息をしてください、オフィーリアッ……」

血で喉が詰まり、うまく呼吸ができない。

――よかった。入れ替わって遊んでいたから、ディアを死なせずに済んだ。

「ごめ……んね、レスター……」

苦しい呼吸の下、彼の名前を呼ぶ。

きっとここで、自分は死ぬのだろう。何度も繰り返した死は、相変わらず甘き香りなどひとつも感じさせない。

「すぐに医師を呼んできます。このまま、待っていてくださ――」

渾身《こんしん》のちからを振り絞り、オフィーリアは彼の袖口をつかんだ。

――ダメ。きっと、間に合わない。それよりも黒幕の名前を教えて。そうしたら、今度こそかならず……。

「……っ、あなたは、わかってしまっているのですね」

死という言葉をあえて口に出さず、レスターが悲しく微笑む。

そう。これは約束された未来だった。今のふたりでは覆《くつがえ》せない、誰かの手に決定権を委ねたままの世界。

「もし、死に戻ったらその時間にいる私に真実を伝えてください」

レスターの姿がにじんでいる。

オフィーリアの瞳が、涙をたたえているせいだった。

「もし、私があなたの言葉を信じなかったら、そのときはこう言えばいいはずです」

こんなときだというのに、彼がいたずらっ子のような目で笑《え》まう。

それは、レスターの最後の優しさだった。

証拠に彼の指はひどく震えている。

無理をして笑顔を作るレスターに、小さくうなずいて。

「オフィーリアの内腿《うちもも》にあるホクロは三連星だ、二連星ではない、と言うのです。仕立て屋の助手が言っていた話だと告げれば、きっと『私』は信じるでしょう」

──あなたがそう言うのなら、きっとそうなのでしょうね。

この恋が、ここで終わることを彼はわかっている。

この恋を、ここで終えなければいけないことを、オフィーリアも知っている。

だからこそ、最後は無理をしてでも笑っていたかった。

そんな彼の優しさを、強く感じる。

「……もっと、教え……て……」

オフィーリアが今まで知らずにいた、彼の想いのすべてを、できることなら教えてほしい。

そうですね、と彼が耳元に唇を寄せた。

「私にしかわからないこと……。たとえばオフィーリアの母方のご実家に神降ろしの少女を連れていき、あなたが聖女にならずに済むよう手配したことでしょうか」

──え……？

予想以上に、まったく知らない話が出てきてしまった。

──わたしが、神殿送りにされそうになっていたときに、レスターが手を回していたということ⁉

知らないところで、自分は彼に救われていたということか。

「それとも、あなたに求婚しようとしている男たちを、二十八人ほど決闘で倒したことのほうがいいでしょうか」

——今まで、誰からも求婚されないことを両親に心配されつづけてきたけれど……

その原因さえも、レスターだったとは。

彼を認識するよりも以前に、レスターは深く深くオフィーリアの人生に食い込んできていたのだ。

知らなかった。

彼の想いを、彼の行動を、彼の——

「黒幕はズァイツェル・ハイロード。騎士団の一員で、前王妃の兄です」

「そ……」

——その名前を、魂に刻むわ。次こそ絶対、絶対に……

咽《むせ》るそばから、頬を涙が伝う。

さよならのときが近づいていた。

彼もそのことを知っているから、ずっと明かしてくれなかった真実を口にしたのだろう。

「愛しています、オフィーリア。心から、あなたを愛しています」

つむじに、彼の唇が触れた。

「またかならず会えます。悲しまないでください」

オフィーリアは知っていた。

次に会うレスターは、別人であることを。

そして、レスターも知っていた。

次に会うレスターもまた、オフィーリアを心から愛していることを――

第三章　十周目の奇跡

目を覚ますと、いつもの十二月二十日だった。

果てしない喪失感を胸に、オフィーリアは起き上がる。

彼はもういない。これは、十周目の世界だ。

「おはようございます、オフィーリアさま。今日はずいぶん早起きですね」

十回目ともなれば、ミリアムの言葉もほとんど頭に入っている。

「おはよう、ミリアム。今日は十二月二十日ね？」

「ええ、さようでございます。ご予定は特にないと記憶していますが、何かありましたか？」

二カ月分の記憶を、幾重にも背負っているのは自分だけ。ここでもまた、孤独な戦いが始まろうとしていた。

「あら、お顔の色が白いですね。貧血でしょうか。無理をせず、もう少しおやすみになりますか？」

「ううん。平気よ。ねえ、ミリアム。今日は王宮へ行きたいの。馬車の手配をしてくれる？」

「かしこまりました。では、洗顔のあとに」

「お願いね」

室内履きに足を入れ、オフィーリアはミリアムの持ってきたガウンに袖を通す。

──いつも、ここでミリアムは「今年は、雪が降らないですね」と言う。

「ミリアム」

「はい」

「この冬は、雪が降らないわね」

あえて、彼女の言葉を先回りすると、ミリアムは小さく目を瞠った。

「さようでございますね。わたしも今、ちょうどそのことを申しあげようとしていました」

「ふふ、わたしたち、同じことを考えていたのかもしれないわ」

事実は違っている。だが、結果は同じなのだ。

「去年の今ごろは、大雪で苦労しました。このまま、春が来てくれればいいのですが──」

春はまだ遠い。

処刑場に雪が降ることを、彼女は知らない。

「春が来たら、みんなでピクニックに行きましょう」

「まあ、ステキですね。楽しみにしています」

「ええ、わたしも」

心から、春の到来を願う。

そのときに、自分の隣に彼はいない。

この先、何度春を迎えても、オフィーリアの知るあのレスターはもうこの世のどこにもいないのだ。

感傷に浸っていられるほど、オフィーリアに猶予はない。

十周目の王宮に到着すると、いつもなら彼から声をかけられる場所でレスターの到着を待った。

カツカツと長靴の音が彼の到来を告げる。深呼吸をして、顔を上げて。

「そんなに急いでどちらへ行かれるのですか？」

朝、ミリアムにしたのと同じく、相手がいつも自分に言うことをあえてオフィーリアのほうから言ってみる。

「これは、ハーシェル公爵家のオフィーリア嬢ではありませんか。私は王立騎士団で副団長を務めるレスター・クウェイフです。お初にお目にかかります」

――初めてなんかじゃ、ないわ。

オフィーリアは、胸の中で涙をひと粒こぼすと、レスターに微笑みかけた。

「レスターさま、初めまして。お見知りおきくださって、嬉しいです。オフィーリア・オルブライトでございます」

氷剣のレスターが、かすかに怪訝《けげん》そうに眉をひそめる。

それもそうだろう。彼の知るオフィーリアは、彼に微笑まない。いや、それは出会ったあとのことだったか。あるいは、オフィーリアが気づいていなかっただけで、以前からそうだったのか。

「実は、レスターさまに折り入ってお話させていただきたいことがあり、ここでお待ちしたのです」

「私を、待っていたのですか?」

「はい」

彼がここを通りがかることは、オフィーリアにはわかっている。

何度も何度も、巡り合った。この拱廊で。

「わたしは、少し先の未来から今日に戻ってきました。今日から二月二十日まで、二カ月間を繰り返しています。あなたに——ほかの誰でもなく、あなたに助けてほしいんです、レスターさま」

突拍子もない発言に、彼は面食らうこともなく冷静に何かを考えている。

白手袋の右手を口元に当て、逡巡《しゅんじゅん》する表情も美しい。顔も声も、同じなのに。

——あの日々の記憶は、彼の中に存在しない。

「詳しくお話を聞かせていただいてもよろしいですか?」

「ええ、お願いいたします」

「人に聞かれてよい話には感じませんので、あちらの四阿でいかがでしょう」

拱廊で会うときは、いつも四阿で話をした。ときに、強引に腕を引かれて連れて行かれたこともある。

今回のレスターは、まだ一度もオフィーリアに求婚していない。

――いつも、少しずつズレていく。だとしたら、このレスターはわたしを好きではないということもありうる?

自分の発想に、すう、と血の気が引く。

今まで、いつだって彼はオフィーリアを想ってくれていた。だから、彼にだけ甘えていた自分を知っている。

四阿に到着すると、彼はポケットから白いハンカチを取り出して大理石の椅子の上に広げた。

「よろしければ、こちらにどうぞ」

「あ、ありがとうございます……」

他人行儀なレスターの、噂に聞く氷の瞳。今、ここに積み重ねたふたりの時間はない。それでも、レスターは紳士だった。

――わかってる。だけど、わたしが頼るべきはわたしを想ってくれるレスターだけ。

事情を説明するにあたり、オフィーリアは最初にとある質問をすることを決めた。

丸テーブルを挟んで正面に座ると、小さく息を吸う。

「突然で申し訳ないのですが、レスターさま」

「はい」

「あなたは、わたしに求婚しようとしていらっしゃいますか？」

もし、今回の巻き戻しによってレスターの感情が変わっていたならば、これはあまりに頭のおかしい質問だろう。

けれど、尋ねずにいられなかった。

「……っ、なぜ、それをご存じなのですか？　もしやあなたは、私の心を覗くことができるとでも……？」

顔色こそ変わらないが、彼は驚愕に目を瞠り、テーブルの上に身を乗り出した。

──ああ、よかった。

以前ならば、毎度の求婚に困りきっていた自分が、今は彼の愛情を確認して安堵している。

変わったのは、むしろオフィーリアのほうなのかもしれない。

「先ほどの邂逅が、お互いに名前を名乗る初めての機会だったとレスターさまはお思いかもしれませんが、実はわたしはあなたと出会うのが十回目なんです」

「なる……ほど……？」

そして、オフィーリアはこれまで彼と過ごした九回分の二カ月間について語りはじめた――

「……そんなことが、ほんとうに起こったというのですか?」

白手袋をはめた手を顎にやり、レスターは眉根を寄せている。

無理もない話だ。死ぬたびに時間が巻き戻るだなんて、現実にはありえない。けれど、オフィーリアにとっては今、この瞬間のすべてが、現実なのだ。

「はい。信じていただけるかわかりませんが、嘘はついていません」

信じてもらえない場合の対応策は、九周目のレスターから聞いている。

それは、奥の手だ。

まずは、自分の言葉で説明し、わかってもらえるのが何よりだと思う。

「ありえない」

きっぱりと、レスターが言い切った。

かすかな落胆に心が沈む。わかってくれないことにがっかりしたのではない。ここにいるレスターが、自分の知るレスターではないことを思い知らされてしまったのだ。

「つまり、あなたは私ではない『私』と親密な関係にあったということで間違いありませんね?」

「え、あ、はい」

おや、とオフィーリアは困惑しつつ、彼を見つめた。ありえないと言ったのは、まさか別のレスターと親しくなったことに対してなのか。

死に戻る運命は、受け入れている？

「私の、これまでのあなたへの愛のすべてが詳《つまび》らかにされていて、私には記憶がないのにあなたとすでに関係を持ったただなんて――」

「ちょ、ちょっと待ってください！」

たしかにふたりが特別親しい仲だったとは告げたものの、湖畔の別荘での出来事の詳細を明かしてはいないはずだ。

――それが、どうしてわたしたちの間に男女の関係があるみたいな言い方を⁉

「では、私のほうからもお聞きします。決して嘘偽りなく答えてください」

「は、はい」

思わず背筋を伸ばし、オフィーリアはレスターの赤みがかった黒い瞳を凝視した。

こんなところで足踏みしている時間はない。

彼に伝えなければいけない、もっとも重要なこと。

それは、クローディア殺害の黒幕がヴァイツェル・ハイロードという男だという事実だ。

「私とあなたは、湖畔にある父の所有する別荘で一夜をともにした。これに間違いはありますか？」

「ありません」

つい先ほど、オフィーリアが伝えたことを彼は丁寧に確認していく。

「その上で、私があなたに手を出さなかったとなりますと、それはもう私の知る自分ではありません。おそらく、理性の箍《たが》が外れ、本能のままにオフィーリア、あなたを求めたと思うのです」

「っっ……」

言い方はひどいが、たしかにレスターらしい発言とも取れる。

彼は彼自身をよく理解しているらしい。互いの解釈は完全一致だ。

「つまり、あなたのおっしゃることが事実ならば、我々の間には男と女の不可逆なる関係性が築かれたあとのはずでしょう。そうでないのなら、私が突如不能となったか、あるいは――」

「と、途中まで！」

自分の選べる語彙の中から、ぎりぎり限界の単語を拾って、オフィーリアはレスターのほうに手のひらを向ける。

これ以上は、どうか詮索しないでという気持ちを込めたジェスチャーだ。

「途中、まで。なるほど、それは……なくはない、かもしれませんね……」

――ていうか、レスターはわたしとの肉体関係があったかどうかばかり気にしているけれど、ほかに疑う部分はないの⁉

深く考え込んだレスターが、整えた髪を両手で掻き毟る。

艶のある黒髪が、くしゃくしゃになってもまだ、彼は頭を抱えていた。

――もっと、悲しくなるかと思っていた。だってわたしの思い出のレスターは、もうどこにもいないから。

しかし、そうではないのだとオフィーリアは気づく。

今、ここにいるレスターもまた、レスター・クウェイフでしかないのだ。

記憶こそが人間を形成すると思っていた。ゆえに、ふたりの思い出がない相手は、もう別人と言っていいのだと考えていた。

その考えこそが間違っていたのかもしれない。

――だって、わたしたちの間にないものは、ふたりで過ごした時間だけで、レスターは相変わらずレスターのままなんだもの。つまり、彼はわたしの知る彼。わたしが好きになった彼にほかならないんだわ。

二カ月間を九回繰り返して、たどり着いたのは彼への愛情だった。

これから始まる二カ月がどうなるのかはわからない。それでも、レスターを想う気持ちは、きっと変わらないのだろう。

「ああ、信じたくない。信じたくありません、オフィーリア!」

「お、落ち着いてください、レスターさま」

「これが落ち着いていられますか！　私は、記憶もないままにあなたに触れ、なんならキスのひとつやふたつをかわし、そしておめおめとあなたを死なせてしまったということなのでしょう！」

　おおまかにいえば、間違っていない。

　だからといって、昼日中から大声で言われるとオフィーリアも恥ずかしい。

「っっ……、あなたを疑いたくはありません。ですが、何かひとつでいいので、証拠をお聞かせいただけませんか？」

　――やはり、レスターはレスターを知っているのね。

　前のレスターが言っていた、レスターにしかわからないことを明かすときが来たのだ。

「わかりました。これは、私の知る未来のレスターが言っていたことです」

「はい。私からあなたを奪った、憎き未来の『私』の言葉を教えてください」

　そこまで自分を憎まなくともいいと思うけれど、もう何もかもがレスターらしいということで片付けてしまおう。今、引っかかるべきはそこではないのだ。

「わたしの……その、内腿にあるほくろは三連星です。二連ではありません。仕立て屋の助手から聞いた情報は不完全でした」

「なっ……!?」

　愕然《がくぜん》とした表情で、レスターが息を呑む。

「それから、わたしの母方の実家に縁ある女神エンゲの神殿に、レスターさまは神降ろしの少女を紹介してくださったと。わたしが聖女にならずに済むよう、手配してくださったんですよね」

「……っ……はい、そう、ですね……」

「あとは、たしかわたしに求婚しようとしていた男性たち、二十八人を決闘で倒し、求婚を阻止していた、と……」

「何もかも、知られてしまったとは……!」

身も世もない声をあげ、彼が両手で顔を覆う。

――あなたと、仮面舞踏会に行ったこともあった。

あのときの怪しげな情報も伝えなくては。

顔全体を覆う仮面の、怪しげな男が誰だったのか――あの人物こそが、ズァイツェルだったのかもしれない。

冬の風が、ふたりの間をすり抜けていく。

まだ春遠き、レイデルド王国の王宮に、オフィーリアは黙って目を向けた。

クローディアに会いに行くのは、後回しにしている。妹の懐妊が、彼女の処刑につながっているとしたら、あまりに哀れで冷静でいられない。

――だけど、ディア、わたしはかならずあなたを救うわ。ただ守るだけではなく、あなたとわたしの人生、どちらも救わなくてはいけないの。

知ってしまった恋の味を、忘れることなんてできなくて。

オフィーリアには、守るべきものが増えていく。

眼前で、ゆらりと黒髪が風にそよいだ。

「私は、あなたにずいぶんと申し訳ないことをしてしまったようです」

「え……？」

しばし黙していたレスターが、静かな声で話しはじめる。

――求婚してくる相手をすべて蹴散らしてしまったこと？　それとも……

「いいえ、わたしが望んだことでした」

あの別荘での夜は、レスターではなくオフィーリアが先導した出来事だった。

記憶のない十周目のレスターが謝るべきことではない。

「何をお望みになったのですか？」

しかし、オフィーリアは見当違いなことを言ってしまったのかもしれない。レスターは不思議そうな顔をしている。

――えっ、それじゃなくて⁉

「私があなたに申し訳なく思っているのは、あなたと過ごした時間の記憶を持ち合わせていないことです」

「それは、仕方ないです。いつだって、わたししか覚えてないのは当たり前だったから」

「けれどあなたはすべてを覚えている。たったひとりで、約二カ月間を何度も何度も繰り返し、命を奪われてきたのでしょう。あなたを、ひとりにしてしまった」

どくん、と胸がせつなさに悲鳴をあげる。

彼の優しさに、目がくらみそうになった。

「レスターさま、それは……」

「私は、どんな方法を用いてもあなたを死なせません」

大きな手が、オフィーリアの手をぎゅっと握る。

伝わる熱は、いつも同じく温かい。けれど、いつだって毎回違っているのだ。

「絶対にあなたを、死なせたりはしない。そのために、もっと詳しく話を聞かせていただきたい。ただ、あなたのおっしゃる九周目の『私』という男は——万死に値しますね」

「えっ、な、なんで？　どちらもあなたなのに？」

「私であって私ではないその男が、オフィーリアにしたことを思うと息の根を止めてやりたくなります。たとえ自分相手であっても、嫉妬せずにはいられません」

——うん、それはまあ、これから始まる二カ月間を生き抜いて二月二十一日にたどり着けたときに考えるとして。

諦観の笑みを浮かべたオフィーリアは、どこか懐かしい気持ちでレスターを見つめる。

何はさておき、レスターの協力を得られた。今回はすべての事情を説明できるので、過去に得た情報を再度入手する必要もない。

「私のことは、レスターとお呼びください。きっと、ほかの私をそう呼んでいらっしゃったのでしょう?」

「いいの?」

「はい。私は私に負けるわけにはいきませんので」

オフィーリアの記憶の中にしかいないレスターに勝つために、同じ呼び方を望む。

——やっぱり、レスターなんだ。ここにも、わたしが好きになったレスターがいる。

「それと、これまであなたが出会った私から聞いて知っているかもしれません。ですが、やはり私自身は何も伝えていませんので、言わせてください」

「はい」

「オフィーリア、あなたを愛しています。結婚してくださいませんか?」

ただ一途《いちず》な愛情を目に賭して。

彼は——ふたりの思い出を持たないはずのレスター・クウェイフは、十回目の求婚を口にした。

「そっ……それは、その……」

——あなたには私と過ごした記憶がない。それでも愛しているだなんて。

心が震える。指先がジンと温かい。

この人と生きていきたいという気持ちが、オフィーリアに死にたくないと思わせる。

「ふたりで行動するには、婚約者の立場があったほうがいいかと思います。すぐにあなたのお父上に報告にまいりましょう」

「ええっ、今からってこと⁉」

「はい。善は急げですよ」

そしてふたりはハーシェル公爵家に向かい、オフィーリアの両親と兄の盛大なる祝福を受けた。

道中も、両親への挨拶のあとも、オフィーリアはこれまでに知った情報を惜しみなくレスターに伝える。

ひとつ残らず、知ってもらわなくてはいけない。

——もう二度と、クローディアが殺されそうにならないように。そして、皆が生きて未来に進めるように……！

† † †

翌朝を迎えて、オフィーリアは寝台の中で寝返りを打つ。

昨晩は、遅くまで婚約フィーバーが続いていた。両親と兄は、使用人たちにまで酒を振る舞い、飲めや歌えやの大騒ぎだったのである。

——まあ、わからなくはないわ。今までだって、レスターがうちに来るとたいてい似たようなことになっていたから。

違うのは、オフィーリアの気持ちのほうだ。

繰り返す死の結末に、心弱くなったこともあった。

もう終わってしまえと思ったことだってあった。

だが、レスターがいてくれたから、彼が愛してくれたから、自分は今ここにいられる。前を向いて、未来のためにまだ努力しようと思えるのだ。

「おはようございます、オフィーリアさま」

「おはよう、ミリアム」

「本日は、午前中から婚約者さまがいらっしゃると聞いております。ドレスは何がよろしいでしょうね」

屋敷の人間は、皆がふたりの婚約を知っている。

実際には、正式な婚約をかわしたわけではないのだけれど、口約束という意味では成立していた。

働き者のミリアムから、ふわりと記憶をかすめる香りがした。

――どこかで、知っている香り……？


「オフィーリアさま？」

「えっ、あ、ごめんなさい。ちょっとぼうっとしていたわ」

「ふふ、仕方ないですよ。婚約が決まった直後ですもの。オフィーリアさまがお幸せそうで、わたしも嬉しいです」

「ありがとう、ミリアム」

彼女は二年前から、ハーシェル公爵家で働いている。

あれはちょうど、クローディアが王に嫁いだ少しあとのことだった。

「ドレスは、そうね。赤みのあるものがいいわ」

「まあ！　レスターさまの騎士服にそろえるのですね。かしこまりました。それでは、準備をさせていただきます」

洗顔用のお湯を張った水差しを手にする彼女が、にっこりと笑う。

考えてみれば、繰り返す二カ月の日々において、レスターに次いで多く会話をする相手はミリアムだ。

オフィーリアの側仕えなのだから、当たり前といえば当たり前である。

レスターと王宮の拱廊で会うときも、彼がこの家にやってくるときも、いつだってミリアムはそばにいた。

——別にミリアムを疑うわけじゃないわ。彼女は信頼できる侍女だもの。

なのに、どうしてだろう。今朝はかすかな疑念がオフィーリアの周囲に渦巻いている。きっと、今まででいちばん理解の早いレスターに、油断してしまう自分が怖いのだ。

物事はうまく運んでいるときにこそ、警戒せよ。

——そういえば、ディアの懐妊の話が聞こえてこないけれど、今回はまだわたしにも秘密なのかしら。

顔を洗い終えたオフィーリアは、ミリアムの選んでくれたドレスに着替えをした。


午前中に迎えに来たレスターは、オフィーリアを連れて騎士団の詰め所へ向かった。

「男所帯のむさ苦しいところですが」

レスターが詰め所の扉を開けると、大きなテーブルを囲んで三名の騎士が椅子に座っている。若手の騎士がふたりでチェスの対戦をし、三十前後と思しき男性が目を閉じて気難しそうな顔をしていた。

「お邪魔します……」

オフィーリアの姿を見た若い騎士ふたりが、すぐさま椅子から跳び上がる。撥条《バネ》仕掛けの人形のようだ。

赤毛の気難しそうな中堅騎士も、それに続いておもむろに立ち上がり、オフィーリアを見てかすかに目を眇《すが》めた。

「彼女は私の婚約者のオフィーリア・オルブライトだ。これから、談話室を使う。用事がある際には声をかけてくれ」

「はい！」

「はいっ、副団長、ご婚約おめでとうございます！」

若いふたりの溌剌《はつらつ》とした声に、思わず圧倒される。

「ご婚約、そうでしたか。おめでたいことです」

残された最後のひとり――中堅騎士が、低い声でゆっくりと告げた。かすかに聞き覚えのある声だが、どこで聞いたのか思い出せない。

「王妃さまもお喜びになるでしょう」

「ああ、結婚式には皆、参加してもらいたい。ズァイツェル、きみも」

「もちろんですよ。結婚式には、ね」

――ズァイツェル、この人が⁉

年齢的に、赤毛の男はレスターよりも少し年上だろうか。

鋭い目つきのズァイツェル・ハイロードを前に、緊張が走る。彼の妹は、前王妃だと死の直前にレスターは教えてくれた。

――妹さんは、今どうしているのかしら。もし、妹さんが苦しんでいるからクローディアを逆恨みしたとか、そういうことだとしたら……

「オフィーリア、こんなところで立ち止まらず奥へ行きましょう。ふたりきりで話をしたいですからね」

「っ、あ、はい」

なんにせよ、この男の暴走を止めなくては。

絶対に、クローディアを殺させない。

「わかりましたね。彼がヅァイツェル・ハイロードです」

「……ええ、そのようね」

「あなたの知る『私』が、どうやってヅァイツェルにたどり着いたのかは、ご存じですか？」

「いいえ。名前と、彼の妹が前王妃だということだけを聞いたの」

「では、まだ私に話していない出来事があったら、詳細を教えていただけますか？」

談話室に案内されて、オフィーリアはまだ彼に話していなかった仮面舞踏会や、毎回少しだけ出来事が変わることを詳細に説明した。

レスターがもっとも気にかけたのは、仮面舞踏会の一件である。

「なるほど、再度参加することも可能ではありますが、その噂話をしていた人物は怪しく感じますね」

「ええ、顔全体を覆う仮面をつけていたのは、ズァイツェルだと思う。あの人の声、聞き覚えがあった。ねえ、レスター、ズァイツェルは、仮面舞踏会でカードゲームに興じるタイプかしら?」

「……たしか、ギャンブルが好きだと聞いたことが。まじめな男なので、そんな一面もあるのかと意外に感じたのを覚えています」

レスターによれば、ズァイツェル・ハイロードは伯爵家の次男だという。

「あなたのおっしゃるとおり、彼の妹シェリアは三番目の王妃でした。シェリアは、結婚から一年で離縁をし、その後は病で亡くなられたはず」

前王妃が、すでに死んでいるということになると、ズァイツェルの恨みを取り除くことはできないかもしれない。

「あの、レスター、もしかしてなのだけれど」

冤罪からクローディアを守ってくれた九回目のレスターが、ズァイツェルを放っておいたとは考えにくい。

彼ならばきっと、ズァイツェルを拘束していたのではないだろうか。

――だったら、なぜ毒殺が起こったの? ズァイツェルではない、誰か、共犯者がいた?

その疑問を口にすると、レスターが顎に手を当てて考え込む。

「たしかに、そう考えられます。『私』はその点について、何か言っていましたか?」

「何も聞いていないわ。もしかしたら、彼も知らなかったのかもしれない」

「それでおめおめとあなたを死なせたというのなら、ずいぶん愚かな男ですね」

——えーと、その人もレスターなんだけど。

今はいちいち余計なところで立ち止まっていられる余裕はない。それに、黒幕であるズァイツェルを思い出すと少々寒気がする。

ズァイツェルは、暗い目をしていた。こちらを見て、疑うように目を眇《すが》めたのは気のせいではなかった。

彼にすれば、ジェイコブに溺愛される王妃と同じ顔をした自分は憎しみの対象となり得る。

「仲間を疑いたくはありません。ですが、ズァイツェルには怪しいところがあります」

「何?」

「彼は異様にオフィーリアを見ていました」

——それだけで⁉

さすがに凝視されていた程度で怪しむのは、ズァイツェルがかわいそうに思えてくる。

「黒です。真っ黒です」

「……とりあえず、彼のことを調べてみましょう」

「おまかせください。以前にズァイツェルがあなたを見つめているのを見たときに、恋敵かと思い、直接聞いてみたところ、見ているのはオフィーリアではなくもうひとりのほうだ、と言っていたのです」

もうひとり、というのがクローディアの意味ならば、完全に怪しい。

——そっちを先に言ってよ！

すぐに、レスターはズァイツェルの身辺調査をすることになった。

同じ騎士団の騎士を疑わせるのは申し訳ないけれど、クローディアの命には代えられない。

† † †

それから二日後の昼前に、ミリアムがレスターからの手紙を届けにきた。

そこには、本日これからズァイツェルの尾行調査をするので、可能であれば来てほしいと書かれている。

「どうされたのですか、オフィーリアさま」

「今から、すぐにレスターに会いに行くわ。準備を手伝ってちょうだい」

「かしこまりました」

馬車の準備ができるのを待って、待ち合わせの場所へ向かう。

到着して、二分ほど待ったが彼の姿はない。

——場所を間違えた？

不安になって、オフィーリアは周囲を見回した。

レスターは、いつも騎士服を着ているので見分けやすい。

そういえば、仮面舞踏会の夜はずいぶんイメージの違う服装だった。

――あれも魅力的だったけれど、レスターといえばあの赤い上着のイメージがあるわ。

彼の目が赤みを帯びた黒色なのも相まって、赤と黒でデザインされた騎士服はレスターによく似合っている。白い外套を翻して歩く姿は、道行く誰もが振り返るほどに美しい。

見慣れた彼の姿を期待していたところに、突然黒尽《ず》くめの紳士が「オフィーリア」と声をかけてきた。

「えっ……!?」

黒いフロックコートに、黒いステッキ、黒いトップハット。それに片眼鏡《モノクロ》まで。

普段のレスターとは違う、軽薄さすら感じさせる華やかな装いを前にオフィーリアは息を呑んだ。

「ど、どうして」

「変装ですよ。こうでもしないと、すぐに気づかれてしまいます」

そういう意味では、今日のレスターを見て即座に判別できる人は少ないだろう。

――わたしは、このままでいいの？

心の声が表情に出ていたのかもしれない。

レスターが、

「あなたはそのままで。どんなドレスでも、その美しさは隠せません」

と言い出した。

まったくこの男は何を言い出すのやら、と思っているのに、頬が勝手に赤くなる。

彼に心を奪われて以来、オフィーリアは自分のコントロールがうまくできなくなってしまった。レスターのそばにいると、心臓が高鳴り、頬が紅潮し、声が上ずる。どうしようもなく、彼に心を乱されていることだけはわかっているのだが、対処の方法がわからない。

「それでは参りましょうか」

気取った口調で、レスターが手を差し伸べてくる。

「え、ええ」

そっと彼の手を取ると、彼に促されるまま、ふたりは腕を組んだ格好で歩きはじめた。

──こんなふうに、男性の腕につかまって歩くのなんて生まれて初めて……。

ときめきもつかの間、角を右に曲がったところで、黒い外套の男が建物から出てくる。

「ズァイツェルです」

耳に口を寄せて、小声でレスターが言う。

うしろ姿だけではオフィーリアにはわからないが、レスターが言うのなら間違いない。

「距離を空けたまま尾行しますので、どうぞ自然に」

声を出したら気づかれてしまうかもしれない。黙って首肯し、彼の腕にぎゅっとしがみついたまま歩いて行く。

副団長であるレスターの騎士服は白い外套だが、一般の騎士たちは黒を着用している。ちなみに騎士団長は赤だ。

ひらり、ひらりとズァイツェルの黒い外套が風をはらみ、冬の風に翻る。

——知らない、街。

公爵令嬢という立場柄、オフィーリアはひとりで街を歩くことはない。そもそも通常の外出なら、馬車で目的地まで運ばれるため、こうして市井を歩く機会もほとんどなかった。

だが、ズァイツェルの尾行をしていて見知らぬ街を感じるのは、道がどんどん狭まっていくせいもある。おそらく、堅気の者たちが暮らす場所ではあるまい。オフィーリアの知る大通りとは、空気が違う。饐《す》えたにおいに、口元を覆いたくなる。

「ズィー」

だらしなく長い髪の男が、ズァイツェルに向かって右手を挙げた。

あれが、ズァイツェルの仲間なのかもしれない。

「遅かったじゃないか。何かあったのか?」

「いや、いつもどおりだ」

特に周囲を窺う様子はなく、ふたりは店の中へ消えていく。

少し離れた場所からその姿を見ていたオフィーリアは、あとを追いかけようと踏み出した。

「いけません」

しかし、すぐにレスターがオフィーリアの手首をつかむ。

「どうして⁉」

彼の動向を知るために尾行してきたというのに、この先を見逃すわけにはいかない。

——ズァイツェルが黒幕なら、あのあやしげな店で何か作戦を立てている可能性だってある。

それを知らなければ、ディアを救えない！

「あんな馴染みでなければ入らない店に、いかにも身分の高いあなたが入っていくのは無理があります。それに、外から見るに狭い店です。私も顔が割れているので、入るのは難しいでしょう」

「でも、それじゃディアが！」

「お静かに。気づかれてしまいます」

「っっ……！」

彼の言っていることはわかるけれど、諦められない。

ここで黒幕を特定できなければ、時間がなくなってしまう。

——どうしたらいいの？　どうしたら……

「おい、そこで何してるッ！」

ズァイツェルが消えていったドアが再度開き、山のような大男が姿を現した。

「ズィーを尾行してきたんじゃないか？」

用心棒らしき男の声に、中から別の男も出てきたではないか。

「危険だ！　とっ捕まえろ！」

反射的に、オフィーリアはドレスの裾をつかんで踵《きびす》を返した。

しかし、運悪く狭い裏通りの雨水がたまった水瓶《みずがめ》に体がぶつかる。

あっと思ったときには、もう遅い。

「ゆっくり立ち上がってください。背中は私に任せて、走って逃げるんです」

「は、はいっ」

今日のレスターは、いつもの氷剣レイディンガーではなく見慣れぬ古い剣を佩刀《はいとう》していた。

氷剣は彼の代名詞だ。変装したからには、剣も替えなくては意味がない。

言われたとおり、落ち着いて立ち上がる。そうしている間に、店から出てきた男たちがレスターに飛びかかってきた。

――危ない！

いかに騎士団副団長といえども、宝剣なしに複数の男たちを相手にするのは無理がある。走って逃げるよう言われたからといって、彼を置いていくわけにはいかない。

「何をしているんです。早く行きなさい！」

「だって、あなたは」

「私を気遣う必要はありません！」

返事をしながら、レスターは鞘から抜きもしない剣を的確に敵の鳩尾《みぞおち》に打ち込んで、ひとり、ふたりと相手をうずくまらせる。

剣技というより、それはダンスのように軽やかで美しい。

——え……？　多勢に無勢と思ったのに、信じられない……！

みるみるうちに、五人の男たちが狭い路地裏にしゃがみ込んだ。

レスターは、息も上がっていない。

「早く！」

右手に剣を持った彼が、左手でオフィーリアの手を力強く握って走り出す。

背後で「待て！」と声が聞こえたけれど、待つ理由なんてひとつもなかった。

来た道を一目散に走り抜け、ふたりは大通りに出る。

それでもまだレスターは速度を緩めることなく、濡れたドレスの重さに四苦八苦するオフィーリアを引っ張って走り続けた。

「ま、待って、もう、息が……」

どのくらい、走っただろうか。

オフィーリアは目の前が白くかすんでいくのを感じた。

呼吸が速くなり、心臓が痛いくらいに早鐘を打っている。

――ダメ、立っていられない。だけどこんなところで倒れるわけには……

大きくむせこんで、石畳の上で無様に倒れかけたところをレスターが抱きとめてくれた。

「すみません。少しでもあの場所から離れようと、無理をさせてしまいました。ああ、ドレスがこんなに濡れてしまいましたね。呼吸も苦しそうで見ていられません。人工呼吸をしてもいいでしょうか？」

「往来で何っ、何をっ……ゴホッ、ゲホッ」

話そうとすると、肺が痛い。

まったく、情報はろくに得られないし、きれいとは言い難い水をかぶるし、踏んだり蹴ったりである。

「何も言わないでください。すべて、私に任せてくだされぱいいのです」

ひょいと抱き上げられ、オフィーリアは既視感を覚えた。

初めて出会ったあの日のレスターも、泥に汚れたオフィーリアをこうして抱き上げてくれた。

そして、屋敷に連れて行って、オフィーリアのための部屋に案内してくれた。着替えを差し出してくれて、それから――

――やっぱり、同じレスターなんだわ。記憶があってもなくても、この人はわたしが好きになったレスター・クウェイフなのだから……

彼に見えないよう、そっと胸元にひたいを当てて。

オフィーリアは涙目になっているのを隠した。

† † †

前に訪れたときと同じく、オフィーリアのための部屋が準備されている。

華美すぎず、優しい色味でそろえられた家具や寝具は、彼の思うオフィーリア・オルブライトのイメージなのだろう。

衝立《ついたて》と浴槽が室内に運び込まれ、オフィーリアは心地よい湯に身を沈める。

勝手知ったる他人の屋敷とまでは言わないが、今ばかりはすでに彼の実家を知っているアドバンテージを感じてしまう。

――気持ちいい。人様の家で入浴だなんて、嫁入り前の身としてはありえないってわかってるんだけど……

「オフィーリアさま、お着替えの準備ができました」

「ありがとう」

声をかけてくれた侍女にお礼を告げると、そろそろ上がりどきなのを察する。

花の香りのする湯から立ち上がり、冷たい空気を肌に感じて。

オフィーリアは、ひとつの覚悟を決めていた。

着替えを終え、髪を丁寧に梳《と》かしてもらったあとのオフィーリアを前に、レスターが肩を落とす。

「少しだけ、残念です」

「どうしたの？」

「あなたは、この部屋を見ても驚きもしませんでした。それはつまり、以前に私ではない『私』があなたをこの部屋に招待したということでしょう」

察しのいい彼には、そのことすらもわかってしまう。

隠すつもりはないけれど、オフィーリアのために部屋まで準備するレスターの気持ちを慮るべきだった。

「……知っているのは、この部屋のことだけではないわ」

「ではほかに、何をご存じなのですか？」

長椅子に座るレスターが身を乗り出す。

その表情は真剣そのものだ。彼にとっては、重要な問題なのだろう。

――そんなふうにわたしを愛してくれるのは、あなただけだと知ってるの。

オフィーリアはほのかに微笑むと、椅子から立ち上がってレスターの前に立つ。

艶やかな黒髪と、すべらかなひたい。

赤みがかった黒い瞳は、普段は冷静なレスターの情熱を伝えてくる。

「わたしの死を、あなたは誰よりもそばで悲しんでくれていた」

処刑台で死ぬのがオフィーリアだと知っていたのは、王とレスター、そしてクローディアの侍女と侍従たち。

前回の毒殺に至っては、レスターだけが死の間際に寄り添ってくれた。

「！　それは当然でしょう。もちろん、今の私はあなたを死なせるつもりなどありません。いえ、愛する女性が不老不死となったら問題ですが、いつかオフィーリアが天に召されるときには、寝台のかたわらであなたの手を握り、最期のくちづけをさせていただきます。私が、あなたを見送るのはそのときだけで――」

愛情深いゆえに、少々厄介な男。けれど、それすらも愛しい。

形良い彼の唇の前に、人差し指をそっとあてがう。

「オフィーリア？」

「今日はありがとう。ううん、今日もありがとうというのが正しいかしら」

身をかがめて、長椅子に座ったままの彼に顔を寄せた。

自分からこんなことをするのは初めてだ。そのことを、レスターは知っているだろうか。

――知らなくても、いいの。

「あなたがいてくれるおかげで、わたしはきっと救われてる。ただ愛してくれるというのが、どれほど心強いかわかったの」

静かに、ふたりの唇が重なった。

これは別れのキスではない。

今度こそ、負の周回を終わらせるというオフィーリアなりの決意だ。

何度も巡り合うレスター・クウェイフ。彼はいつだって、オフィーリアを愛してくれた。協力してくれて、支えてくれた。

それなのに、オフィーリアが彼に同じ愛情で感謝を示すことができなかったのは、自分がクローディアの身代わりとなって死んでしまう未来を覚悟していたからだろう。

今度こそ、と思った前回も、突然の毒殺で時間は巻き戻された。

少なくとも、妹の死を回避する具体的な方法がわからなければ、彼の愛を受け入れることはできない。

――もしもわたしが死んで、またやり直すことになったら、そのとき体は元に戻っていても心はすでに差し出したあとなんですもの。

だが、それだけだろうか。

心を、体を、差し出す。

それはある意味で、彼への贖罪《しょくざい》でもあるのだと、オフィーリアは気づいていた。

死にたくない。彼と生きていきたい。

客観的に見て、今回クローディアをかならず助けられるというだけの証拠は、まだそろっていないのだ。

結果として、オフィーリアは十回目の失敗をする可能性がある。

そうなったとき、残されるレスターへの贖罪。

自分の消えた世界に、彼をひとりで残していく罪悪感を軽減するために、この身を捧げようとしているのではないのか。

――処刑を回避する。少なくとも、そうなるよう努力はしているわ。この人と生きていきたいと思っているから。

「オフィーリア、あなたは……」

「こ、こんなこと、いつも自分からするわけじゃないから」

照れ隠しにふいと顔を背けると、長椅子の上から腕を伸ばしたレスターがオフィーリアの体を抱き寄せた。

「嬉しい、ですよ」

「レスター」

「あなたがくちづけてくださったのが嬉しいです。それと同時に、これを最期のキスにしようとするのを許せないのです」

「そういうつもりじゃないわ」

「では、どういうおつもりですか？　湯上がりの甘い香りで私を誘っているのですか？」

耳元で聞こえる声は、オフィーリアが否定するのを知っている。

だからこそ、心を伝えなければ。

「……そうだと言ったら？」

「えっ……!?」

珍しく絶句したレスターが、信じられないとばかりに体を離してこちらを覗《のぞ》き込《こ》んでくる。

まじまじと観察されるのは恥ずかしい。

——だってわたしは、あなたを誘ってると言ったも同然でしょう？

「愛しています、オフィーリア」

蕩けるほどの甘い声。

その声で名前を呼ばれると、心のいちばんやわらかな部分がきゅうとくぼむような感覚があった。

「……わたしも、あなたが好き」

「結婚しましょう」

「それは、妹を助けてからじゃないと」

「いいんです。いつ結婚するかなんて、どうでもいいのです。ただ、あなたの心がほしい。オフィーリア、私はあなたを自分の妻と思っていいですか?」

泣きたくなるのは、彼の愛情がオフィーリアの心に届いているからだ。

好きな人には、幸せでいてほしい。

——あんな悲痛な声は、二度と聞きたくない。だから、わたしは……

「がんばってディアを助けるから、協力してね」

「ええ、もちろん。義妹のために力は惜しみません」

ふたりは小さく笑い声をあげ、もう一度どちらからともなく唇を重ねた。

夕日が沈む窓のカーテンを、レスターが無言で閉ざす。

天蓋布で覆われた寝台の上に身を起こし、オフィーリアは緊張しながら彼の所作を見つめていた。

すらりと長い腕が、彼のシルエットを美しく見せる。

コツ、と靴音がして、レスターがこちらに振り向くのがわかった。

「初めてあなたを見たときから、私はあなたを守りたいと思っていました」

「わたしがまだ、子どものころの話でしょう?」

「そうです。あのときは、まだ恋ではなかった。けれど、いつもあなたのことを気にしていました。傷薬をもらいに来てくれるのを待っていました。結局、あなたは来てくれませんでしたが」

「そ、それは、ごめんなさい」

忘れていたとは言えなくて、オフィーリアは肩をすくめる。

寝台まで歩いてきたレスターが、光を遮った部屋の中で甘い笑みを浮かべた。

薄闇に、ぎしりと寝台が軋《きし》む。

手をついて、膝をかけ、彼はオフィーリアに近づく。

「いいんです」

彼の左手が頬に伸びてきて、そっと金色の髪を払われた。

「忘れていても、いいんです。あなたが忘れてしまっても、私が覚えています。オフィーリア、あなたのすべてが私の光でした」

「わたしが……?」

彼は国内でも名の知れた宝剣の使い手である。

強く美しく聡明なレスターに、人々は憧憬と畏怖を覚えるのだ。

——レスターこそ、光の中を歩んできた人でしょうに、どうしてわたしがあなたの光になりうるの？

「あなたは、なんでも持っているでしょう？　地位も名声も、騎士としての名誉も」

「たしかに恵まれた環境で育ったのは事実です。けれど、いつも私の心には孤独が寄り添っていました。幼いころは病弱だったこともあり、寝室でひとり過ごす時間も多かったように思います。成長して体が健康になってからは、急に周囲の態度が変わって——それはもちろん、私がエフィンジャー公爵家の三男だったからでしょう」

彼はそう言うけれど、成長したレスターに人々が群がったのは、彼の美貌も一因かもしれない。

だが、孤独だった少年が突然周囲から注目されるようになって、不安を覚えるのも想像できた。

「特に氷剣に選ばれてからは、いっそう人と関わることを避けるようになりました。私を見ている素振りで、私の肩書や父を気にする相手の目線が苦しかった。私には、自分で選んだものが何もないのだと、自分の空虚さを痛感する日々でした」

氷剣のレスターといえば、国内では知らぬ者のいない名の知れた騎士だ。

——この美しい人が、そんなふうに考えていただなんて知らなかった。

「あなただけは、私が見つけて私が選んだ存在です。いつも他者との間にやわらかな膜があると感じていた私の人生に、オフィーリア、あなたが光り輝いて飛び込んできてくださったのですから」

「わたし、何もしていないわ！」

「いいえ」

優しくオフィーリアの体を抱きしめて、彼がささやく。

「存在してくださるだけで、私を幸せにしてくださっています。あなたはもはや女神を越えている」

普段なら、きっと「ふざけすぎよ」と眉根を寄せるところだ。

存在するだけで女神を越えるだなんて、不敬で過剰な褒め言葉である。

だが、今は。

「……もし、わたしがあなたの幸せに少しでも関与できるのなら嬉しいわ」

そっと彼の背中に手を回す。

もう誰も悲しませたくない。大切な妹を、家族を、そして愛するレスターを。

——いつの間に、こんなに好きになってしまったのかしら。ほんとうに、最初は危険人物認定だったのにね。

ドレスのリボンがしゅるりと解かれる。

彼を迎え入れる心の準備はできていた。このまま、すべてをあずける覚悟で彼の腕の中にいる。

「目を、閉じていただけますか?」

「はい」

大きな手が左頬に添えられた。

目を閉じて、彼の指の感触に心を凝らす。

人差し指で耳殻を上下に撫でられると、腰からうなじにかけて甘い予感が駆け上った。

――くすぐったい、けど……

それだけではなく、もっと体の深い部分につながる糸を引っ張られている気がする。

なのに、キスはまだ訪れない。

気配だけは、近い。彼の吐息を下唇が察している。

――どうして？

もどかしさに目を開けそうになった瞬間、頬に触れていたレスターの手がまぶたを覆った。

「レスター、何を」

「駄目ですよ。目を閉じてくださいと言ったでしょう？」

彼は片手で器用にドレスをはだけ、途中何度も目を閉じているよう言いながら、オフィーリアを下着姿まで導いていく。

空気に触れる肩口が、かすかに震えた。

「怖いですか？」

「……少し、だけ」

「心臓の音が、よく聞こえます」

下着越しに彼の手が左胸をそっと包み込む。

「っっ……！」

薄布では隠せないほど、胸の先が早くもツンと屹立している。

あたたかな手のひらを感じて、せつなさがいっそう募った。

「レスター」

オフィーリアは、言われるまま目を閉じて、わななく唇で彼の名を呼んだ。

「はい」

「レスター、お願い……」

「何がほしいのか、教えていただけますか？」

求めているのは、彼のくちづけ。

自分からキスを請うことへのためらいは、すでに本能に押し流されていた。

「お願い、キスして。唇がせつないの」

「ああ、なんてかわいらしいおねだりでしょう。あなたは私を狂わせる……！」

ふたつの唇が重なる瞬間、オフィーリアはぎゅっと彼の体にしがみついた。

もどかしくて、焦《じ》れったくて、ただ彼を感じたくて。

正式な婚約すらしていないふたりに許される行為ではないと知りながら、レスターのすべてを欲していた。

――知らなかった。こんなにも、貪欲な自分がいるだなんて。あなたに出会って、初めて知った。

「かわいい、オフィーリア。私だけのあなた」

「ぁ、ん……っ」

求めていたくちづけに、我知らず声が漏れる。

ほしかったものを与えられている。だが、足りないのだ。

——もっと、もっとほしい。

気づけば、差し込まれる舌に自分から応じてしまっていた。

ふたりの重なる唇の間で、混ざり合う唾液がみだらな蜜音を立てる。

ぎゅっと閉じたまぶたの裏側に、流星に似た光が幾筋も走っては消えた。

左胸にあてがわれた彼の手が、やんわりと乳房を揉《も》みしだく。

布ごとこすられて、意識していないのに腰が浮いた。

「っ……、ぁ、あっ」

体の奥深くで押しつぶされていた快感が、一気に噴出する。

直接触れてほしくて、身体をよじった。

「感じてくださるんですね。嬉しいです」

「んっ……、レスター、お願い……」

黙して待つ彼の気配に、オフィーリアは問いかける。

「目を、開けてもいい……?」

「欲情する私の顔を見たいのですか?」

「み、たい」

「見ても、逃げないと約束してくださいますか……?」

——逃げないわ。だって、これはわたしが望んだことでもあるのだから。

うなずいたオフィーリアのまぶたに、そっと優しい唇が触れた。

彼のキスが離れるのと同時に、目を開ける。

「レスター」

甘く微笑む男は、艶冶《えんや》な笑みを浮かべていた。

愛しさが胸に込み上げて、名前を呼ぶだけで涙が浮かんでくる。

「ここにいますよ」

「……嘘つき」

「なぜです?　間違いなく私は今、ここに」

「欲情する顔だなんて、そんなふうに見えないわ。あなたはいつもどこか涼しげで、余裕があって、どうしようもないほど美しいんですもの」

先ほど着替えたばかりの真新しい下着が、ぐいと胸の下まで引き下げられた。

あらわになった乳房が、やわらかに揺れる。

「! な、何、急に……っ」

慌てたオフィーリアが体を隠そうとすると、彼は胸の谷間に鼻先を埋める。

「あなたがどう思おうとご自由です。ただ、私に余裕なんてありはしません。オフィーリア、私は自分の知らない『自分』に嫉妬しているのです。お忘れですか?」

「っっ……」

両胸の先端を指でつまむと、彼は痛くない程度にそれを引っ張った。

「あ、あ、あっ」

触れられている部分の直接的な刺激と、触れられていない足の間の不確定な疼きに、オフィーリアは嬌声をこらえられなくなる。

ジンジンとせつないのに、もっとしてほしいと体が訴えていた。

「このかわいらしい声も、美しい体も、すべて私にくださるのですね、オフィーリア」

「わ、たし……っ、ぁあ、レスター、あなたに……」

――あなたに、すべてをあげられたらいいのにね。

生きて二月の終わりを迎えたい。

妹を守り、自分も守り、レスターと正式に婚約できる日を夢見る気持ちはある。

だが、これまで九回も殺されてきた。

きっと、クローディアの処刑が決まったら、またオフィーリアは身代わりになることを選ぶだろう。

「いいのです。あなたが何を考えていらっしゃるとしても構いません」

両の乳房が彼の手で寄せられる。

ふたつの頂《いただき》を、レスターは一度に口に含んだ。

――食べられちゃう……！

そんなはずはないとわかっているのに、心がぎゅっとすくむ。

同時に、息を呑むような快感が両胸から全身へと広がった。

「あ、ああっ……！　何、や、ぁ、すごい……ッ」

胸に触れられるのも、唇と舌で愛されるのも、知らない感覚ではない。

――なのに、違う。ぜんぜん違う。

あるいは、彼から愛されるだけではなくオフィーリアもまたレスターに対して自分の気持ちを自覚したことが影響しているのだろうか。

愛する人に触れられるからこその悦びを、体感している――

「愛しています」

「っっ……」

「愛していますよ、オフィーリア」

――わたしも、あなたを……

せつなさに唇がわなないた。

「レスター、ぁ、ああ、っ……!」

愛しい人の名を呼ぶとき、愛しい人に名を呼ばれるとき。

人はただ、こんなにも心を揺さぶられる。

泣きたいほどの幸福に、オフィーリアは白いのどを反らした。

「かわいいオフィーリア。あなたはきっと、自分が死ぬかもしれないと思っていらっしゃる。そうなったときの備えとして、協力した私に前もってご褒美を用意してくださったのでしょう。ですが、おあいにくさまです。私はあなたを決して死なせはしません」

「……?」

——死ぬかもしれない、から。あなたに抱かれようとしていると。そう思っているの?

彼を想う気持ちのほうには気づかず、死の覚悟にだけ鼻が利くレスターを、愚かしくも愛しい気持ちで見上げた。

死にたくない。彼と幸せになりたい。妹も両親も、みんな一緒にこの世界で生きていきたい。

「そんな理由でわたしが抱かれると本気で思ってる?」

右手をすいと伸ばし、若く美しい氷剣使いの頬に触れてみる。

赤い闇を宿した瞳がまっすぐにオフィーリアを射貫く。

じっと見返せば、レスターは困ったように目を伏せた。

「ほかに、あなたが私に抱かれてくださる理由が思い当たらないのです」

彼の左手が、オフィーリアの右手を優しく包み込む。

指先から、彼が自分を慈しんでくれている気持ちが伝わってきて、この人がどれほど優しいかを思い知った。

オフィーリアの事情に振り回されながら、彼は彼の恋を成就させようと必死なのかもしれない。

いつだって涼しげな顔をしているから気づきにくいけれど、レスターだって当惑も不安も持ち合わせている。人間なのだから。

――好き。あなたのことを、いつの間にかこんなに好きになっていた。

「教えてくださいませんか？　ほかにどんな理由で、オフィーリアは私に身を委ねてくださるのでしょう」

手のひらに唇を当て、レスターが目を閉じる。

やわらかな下唇が、掌底にくすぐったい。

黙した彼は、自分の言葉を待っているのだとわかっていた。

「レスター、ほんとうはわかっていて尋ねているの？」

「何をです？」

――わたしの気持ちを。

彼はせつなげに片頬を歪めていた。

「わたしがあなたに抱かれたいと願うのは、あなたを……好きだから」

九十九の言い訳と、たったひとつの真実がここにある。

言い訳だからといって、それが嘘だという証拠にはならない。

人には、生きる上で言い訳が必要なときだってあるのだと、今のオフィーリアにはわかる。

「ああ、オフィーリア！」

「きゃっ！」

がばっとのしかかられて、愛情の圧力にオフィーリアは小さく悲鳴をあげた。

耳朶《じだ》に彼の唇がひたと密着する。

吐息がかすめるだけで、体がかすかに震えてしまう。

「愛しています。心から、あなたを愛しています」

「わ、わかってる、から……っ」

——耳元でしゃべらないで。くすぐったくて、ヘンな声が出ちゃう！

オフィーリアが感じているのを知ってか知らずか、レスターは体をこすりつけて敏感になった胸を刺激してくる。

「嬉しくて、自分を制御できそうにありません。あなたが、私を想ってくださっていたとは。こうして、私に組み敷かれることを望んでくださったんですね？」

言い方に難ありだが、事実そのとおりだった。

彼に抱かれたい。そう請うたのはオフィーリアのほうである。

「こうして――」

しなやかな指が、そっと脚の間に忍び込んできた。

「ん、っ……」

「私に触れられたいと、願ってくれたのでしょう？」

「そう、だけど……、あ、あっ、待って……」

柔肉を、ふにゅりと指腹が押し込んでくる。

奥に秘めた蜜口は、すでに甘く濡れていた。

――そこ、気持ちいい……

「あたたかく、濡れています。ああ、これは、オフィーリアが私を求めてくださる証なのですね……」

恍惚とした表情で、レスターがひたいを擦り寄せてくる。

「っっ……、言わないでいいから、お願い」

「なぜです？　愛する人に求められて興奮しているのは私のほうなのですよ。わかりますか？　もうこんなにも屹立しています」

ぐいと腰を押しつけられれば、彼の下腹部にひどく漲《みなぎ》る情欲を感じた。

——何もしていないのに、こんなに？

「レスター、あ、あの……すごすぎない……？」

前回、彼と触れ合ったときはまだ心のどこかで覚悟ができていなかった。

けれど、今は違う。

逞しく昂《たか》ぶる彼の劣情を受け入れるつもりで、寝台にいるのに。

——こんなの、ほんとうに入るのかしら⁉

オフィーリアはごくりと息を呑んだ。

「あなたが魅力的なせいです、オフィーリア。こうなった責任を取っていただけますね？」

「ん、ぅ……ッ」

ちゅく、と彼の指が蜜口近辺を撫で、腰が跳ねる。

舌先は甘く耳朶を舐《ねぶ》った。

二本の指が、蜜をすくい取って花芽をなぞっていく。

包皮に守られたか弱い部分は、レスターの指に刺激されて次第にぷっくりと膨らんできた。

つぶらな突起を押しつぶさないよう、彼は優しく周囲からあやしてくる。

けれど、オフィーリアにはそれがもどかしくてたまらない。

焦らされているのかと思うほどの儚い刺激に、いつしか自分のほうから腰を揺らしていた。

「は……っ、ぁ、あ、レスター、気持ちいぃ……っ」

「ここですか？」

「ぁあッ」

ぴたりと花芽の先端を指で捕らえられ、全身が跳ねる。

――そこ。もっと、もっとして。

懇願の瞳で彼を見上げると、レスターは目を細めた。

敬語でオフィーリアを立てておきながら、彼の視線は哀れな獲物を前にした捕食者の愉悦をたたえている。

このまま、食べられてしまうのだ。

そう考えただけで、甘い疼きがいっそう高まっていく。

「ここを、撫でてほしいのですね？」

「そ、そう……。お願い、焦らさないで」

「どうか、あなたの愛らしい声で教えてください。オフィーリア、ここを？　撫でて……？」

扇状的な魅惑の声に耐えかねて、オフィーリアは長い髪を波打たせる。

「撫でて、もっといっぱい、感じさせて……！」

自分のものとは思えないほど、はしたなく上ずって、レスターの愛撫を欲する声。

声に出して懇願することで、彼を求めている自分を再認識させられる。

ほしくて、ほしくて、ほしくてたまらない、愛情。

言葉だけでは足りないから、心と体でつながりたくなるのだ。

「ええ、もちろん」

「ん……っ、ぁ、あ、レスター、感じる……ッ」

過分なほどに与えられる快楽で、いつの間にか脱がされた下着のことさえ忘れ、オフィーリアは嬌声をあげた。

長い指が蜜口に突き立てられ、体の内側からも愛されはじめると、何もわからなくなっていく。

慣れない体に教え込まれる快感で、羞恥心すら置き去りに彼の名を呼ぶ。

「レスター、ぁああ、もぉ、ダメ、イク、イッちゃう」

「達してください。あなたの絶頂する表情を見たいのです」

「ひぅっ……、い、イク、イッ……あ、あ、ああああ！」

びくん、と大きく体を痙攣《けいれん》させ、快楽の果てへと押し上げられた。

肩で息をしているうちに、衣服を脱ぎ捨てたレスターが寝台の上で膝立ちになった。

まだ余韻から抜け出せないまま、オフィーリアはぼんやりと彼の裸体を見つめる。

——なんて美しい人……

「私を、知ってください」

両脚が大きく広げられるのを、どこか他人事のように見ていた。

「っっ……！」

だが、張り詰めた鬼頭が蜜口に触れると、一気に意識が引き戻される。

「ほ、ほんとうに、入るの……？」

「お互いに初めてということを考えれば、無理を強いることになるかもしれません。ですが、どうしてもあなたがほしい。オフィーリア、あなたのすべてを――」

太幹に脈を浮き上がらせる雄槍が、オフィーリアの中へとめり込んできた。

想像していた痛みはないが、激しい違和感に全身から汗が噴き出る。

――何、これ……⁉

自分の体に、他者が入ってくる感覚は、これまでの人生で感じたほかの何とも比べようがなかった。

「う……ッ、ぁ、っ……」

寝台の上、あえかに腰をよじろうとするも、レスターの両手が腰をつかんで逃がさない。

傘のように張り出した段差が、慣れない隘路をぞりぞりとこする。

進んでは戻り、また進んでは戻る。

その繰り返しで、次第にレスターがオフィーリアの奥へと埋め込まれていく――

「……これで、全部入りましたよ」

ひたいの汗を手の甲で拭って、レスターがあえかな笑みを浮かべる。

――わたしの中に、レスターがいる。

彼の根元をきゅうと締めつける蜜口が、ひりつく感覚を伝えてきた。

腰と腰が密着し、寝台の上に仰向《あおむ》けになったオフィーリアは身じろぐこともできない。

寝台ごと細い腰を穿つような、熱を帯びた楔《くさび》。

レスターの雄槍が、深く深くオフィーリアを貫いている。

「痛みはありませんか?」

「っっ……ないと、思う。レスターが……」

優しくしてくれたから――

では、この目ににじむ涙の理由はなんだろう。

涙目で見上げた先、彼が優しくうなずいた。

「ありがとうございます。そして、申し訳ありません」

「え……?」

何を謝られたのかわからず、オフィーリアは涙のこまかな粒がついた睫毛を震わせる。

「今からさらにあなたを貪らせていただきます。貪欲な男に捕まったと諦めてくださいますね」

「レ、ぁあ、あ!」

名を呼ぶ暇すらなく、白い喉をそらした。

レスターが腰を動かしはじめると、何も考えられなくなってしまう。

奥深く抉られて、オフィーリアは必死に彼の背中にしがみついた。

──嘘、こんなに、奥まで……！

互いの腰がぶつかるたび、打擲《ちょうちゃく》音が寝室に響く。

その合間に蜜で濡れた粘膜が、淫靡な水音を絡ませた。

「や、ぁあ、深いぃ……っ」

「深く、もっと深くあなたとつながりたいのです、オフィーリア。ああ、たまらない。あなたの体が私に絡みついてきます」

仰向けのまま、レスターの体重を感じてぎゅっと目をつぶる。

眦《まなじり》から涙がつうと流れた。

こんなにも他者と強くつながったのは初めてで。

喜びとかすかな不安と、どうしようもないほどの欲望が体の内側に渦を巻いている。

「愛しています。二度と離しません、私のオフィーリア」

狂おしいまでの愛情を打ちつけられ、波間で必死に呼吸をする。

──どこまでも落ちていく。ううん、浮き上がっていく？　わからない。ただ、レスターとつながってる……。

「あなたの中は、こんなにも激しく私を包み込んでくれるのですね。もっと、もっとあなたを

知りたい……」

「は、ぁ、ああ、奥、すごい……っ」

――奥、熱くて、苦しくて。なのに、どうして？　気持ちいい。何も考えられなくなる。気持ちいいの。おかしくなる。

狭隘《きょうあい》な粘膜を押し広げ、何度も何度も愛情を叩きつけてくるレスターが、オフィーリアの体を強く掻きいだいた。

「このまま、受け止めてくださいますね……？」

「んっ……受け止め、る、から……、あ、あっ……」

譫言《うわごと》のように答えて、オフィーリアは彼の首に両腕ですがりつく。

子宮口を繰り返し突いてくる切っ先が、奥深くでぶるりと鎌首を震わせた。

「え……？」

それまでと様子が異なる雄槍に、甘く濡れた瞳をさまよわせる。

根元からどくんどくんと激しい脈動を感じさせ、彼は動きを止めた。

「レスター、ぁ……、あ、あ！」

「逃げないでください。私のすべてを、あなたに……」

最奥にキスしたまま、レスターが奥歯を噛みしめる。

そして、次の瞬間。

「ひ、ぁァ……ッ⁉　何、んっ……」
多幸感で充実した腟内《ちつ》に、ねっとりと熱い液体が染み渡っていく。
――中に、出てる。
遂情の証となる白濁が、びゅくびゅくと放たれた。
男の熱に体を内側から灼《や》かれながら、オフィーリアは小刻みに震えている。
彼の吐精に、応えるように――

† † †

彼女のために壁紙を選んだ。家具を選んだ。カーテンを選び、カーペットを選んだ。
そして、彼女と眠るための寝台を選んだあの日の自分は、恋に恋をしていたのだろう。
無論、そのときは真剣に恋をしていた。愛を貫いていた。
――しかし、あのころの私は何もわかっていなかった。
眠るオフィーリアの頭をそっと撫でて、レスターは幸福を噛みしめる。
彼女こそが光だ。
このぬくもりが、愛だと知った。
「あなたを死なせはしません。そのときには、私も――」

指の隙間をこぼれていく、やわらかな金色の髪。
続きは言葉に出さず、胸に秘めて。
レスター・クウェイフは夜の帳《とばり》から隠すようにオフィーリアを抱きしめた。

第四章　氷の騎士は永遠の愛を誓う

ふたりは手をつなぎ、森深い湖に飛び込んだ。
何度も殺されては生き直した女神エンゲは、ようやくほんとうの死を迎える。
愛し合うふたりの涙で、湖の水が塩辛くなり、あふれた水が大地を覆った。
それが、海となって大陸ができたとされる神話である。
現在にも残る女神エンゲの神殿には、エメラルドグリーンの美しい泉があった。
地中から湧き出る水は、あまりに澄んでいて生き物が暮らせないほどだという――

†　†　†

レスターとの一夜から数日。
オフィーリアは、居室の書棚に並んだ女神エンゲの伝承を何気なく手に取った。
クローディアは幼いころ、エンゲの神話を読んでもらうたびに泣いていた。

そのくせ、何度も読んでと侍女にねだるのだ。

妹と一緒に聞いていたせいで、オフィーリアも女神エンゲの神話は暗記していた時期がある。

――久しぶりに読むと、神々というのはずいぶん勝手な存在に思うけれど……

まあ、神というのは往々にしてそういうものだという認識も持っていた。

母が神殿の縁者だったこともあり、ハーシェル公爵家は神話に馴染みがある。

「そういえば、時間が巻き戻るってわたしの状況にも通ずるものが……」

神話の出来事が、現代を生きる自分に起こると本気で思っているわけではないけれど、死に戻りの運命が数奇なのは事実だ。

ありえないと思っていたが、これは何かしらの関係があるのではないだろうか。

思い立って書棚の前に立ち、ほかに関連する書物はないか確認する。

オフィーリアの部屋には、さしてそれらしいものは置いていないので、書庫へ行くべきかもしれない。

「ミリアムに手伝ってもらえば……」

口に出してから、言葉の続きを呑み込んだ。

侍女のミリアムは、昨日急に暇《いとま》をとって屋敷を出ていった。

田舎の母が急病だと言っていたが、これまでの九回の死に戻りではなかったことだ。

ため息をひとつ。

オフィーリアにとって、ミリアムは大切な侍女だった。

彼女の明るさや仕事熱心なところ、誠実な人柄を好ましく思う。

特に、クローディアが嫁いでしまって寂しさを感じていた時期に知り合った相手だということもあり、ミリアムは重要な存在だったのに。

「仕方がないわ。ミリアムにだって都合があるんだもの。ひとりでもがんばらなくちゃ」

自分の未来のために、長椅子から立ち上がって部屋を出ようと――

「オフィーリア！」

出る前に、扉が勢いよく開いた。

外開きなのが、唯一の救いだ。扉が顔に激突することはなかった。

「なっ、なな、何が……⁉」

少なくとも公爵令嬢の私室に、ノックなしに入ってくる人間は珍しい。

オフィーリアが動揺するのも当然だ。

父か、母か。

しかし、そこに立つのはどちらでもなくレスターだった。

「ああ、オフィーリア。私は、あなたを失わずに済みます……！」

急遽《きゅうきょ》抱きつかれて、何が起こったのかわからない。

目を瞬かせるオフィーリアを、彼は背骨も折れんばかりにきつく抱きしめている。

「レ、レスター、ちょっと説明を……」

「私たちの結婚が、決まったということです。どうか、生涯おそばに置いてくださいね」

——だから、何が⁉

それからゆうに五分以上、彼はろくな説明もなくオフィーリアにキスしつづけた。

廊下を通りかかった侍女が、恥じらいに目を伏せたことは記憶から抹消したい。

† † †

一月十八日は、朝から冷たい北風がレイデルド王国の市街地を吹き抜けていた。

この冬、初めての雪が降るのではないかと前夜から屋敷で聞いていたレスターは、そうならないことを知っている。

九回命を落としたオフィーリアから、初雪の日を聞いていたからだ。

王国に雪が降るのは、王妃が処刑される当日。

実際には、王妃ではなく身代わりのオフィーリアがギロチンの下で見る雪である。

——なんとしても、今日こそは。

肌を合わせたあと、レスターは愛する人を守るために寝る間も惜しんでヅァイツェルの悪事の証拠を探していた。

証拠がかならず存在することは、オフィーリアの語った前回の『自分』が証明している。

だからこそ、オフィーリアが毒殺されるのをみすみす見逃した『自分』を許せない。

――ズァイツェル、か。

なんの因果か、同じ騎士団に所属する彼が犯人の可能性が高いとなれば、調べやすくもあり、調べにくくもある。

彼の家族や友人についての情報を得やすいのと同時に、こちらの動きが筒抜けになってもおかしくない。

動機については、すでに目星がついている。

妹の死が、彼を凶行に走らせた。その点に関しては間違いないだろう。

必要なのは物理的な証拠だ。

理想的な物品としていえば、書面がいい。

署名の入ったものならなおよし、イニシャルでも問い詰めることはできる。

身分から考えても、書いた手紙を自分で届けるようなことはないだろうから、配達に雇った人間を捕まえて証言させられれば――

勤務時間の前に、ズァイツェルに関係のある地域をひと通り歩く。

現時点で証拠未満の証言はある程度そろっているが、やはり徹底的に彼の計画をつぶすためには状況証拠ではなく物的証拠が必要だ。

空は灰色の雲で覆われ、石造りの建物の間をびゅうと冷たい風が吹く。

赤い上着の内側まで乾いた空気が入り込んでくるけれど、冬用の中着が首周りを覆っている。

より冷える日には、毛皮の防寒着の用意もある。

――雪が降る前がいちばん寒い。積もってしまえば、少しは温かくなる。

白い息を吐いて、早朝の市街地を歩くレスターにはひとつの目的地があった。

以前から何度か通ってては聞いている、老婆の住む家だ。

かつては薬屋を営んでいたが、今は古びた家屋でひっそりと暮らす人物、名前をジェイナ。

もともと街の見回りに出ることが多く、王都の住人には詳しい。

彼らの情報網についても、レスターはそれなりに把握している。

その中であえてジェイナに話を聞くのは、彼女が街の情報の中心になっているからだった。

代々続く薬屋には、人々の情報が集まりやすい。

体の悪いところを相談するのは、その人の個人的な事情を語ることに通ずる。

「なんだい、また来たのか。あんたも暇だね。高名な騎士さまが、こんなところでなんの情報収集なのやら」

扉を叩いたレスターに、ジェイナは低くしゃがれた声で応対する。

「早くに済まない」

「いつものことじゃないか」

古い家に足を踏み入れると、染みついた薬草の香りが鼻を刺激した。

懐かしいと思うのは、ある時期、レスターが定期的にジェイナのところに通っていたからだ。

オフィーリアが手首に怪我をしたあの日から。

彼女が傷薬を求めて自分を訪ねてくれるのを期待し、レスターはいつもジェイナの作った塗り薬を持ち歩いていた。

「こんな朝早くから、街の噂なんて聞きたいものかね」

「先日の話が気になっている」

この地域は、以前にズァイツェルを尾行した場所とほど近い。

前回ジェイナを訪ねたとき、老婆は奇妙な噂を知っていた。

王宮で女神エンゲの復活を祈願する儀式が行われているという話だ。

しかも、その中心にいるのがエンゲの神殿に縁ある王妃だというのである。

「ああ、あれならただのデマだったよ」

「なぜデマだと言い切れる?」

「王妃さまに関しちゃ、最近妙におかしな噂が流布されていてね。市井で噂するにゃ、少々危険な話題ばかりだった」

それもそのはず、王族に関して迂闊《うかつ》なことを言えば不敬罪で捕まる可能性がある。

平和と言われて久しいレイデルド王国だが、すべてが許されるわけではない。

「だから、あたしゃその手の話を聞くたびに、余計なことは言うもんじゃないと伝えてきたんだけどね」

「ああ」

「二日前、どこかのお貴族さまに仕えている娘がやってきた。あたしの遠縁の娘でね」

ジェイナの話によれば、遠縁の若き侍女は青ざめて元薬屋の扉を叩いたそうだ。

侍女の名前や素性に関して、ジェイナは何も語らない。遠縁の娘というからには、その侍女に被害があっては困るということなのだろう。

レスターとしても、必要なのは侍女の情報ではないため、いったんそれについては不問として話を進めさせた。

「娘は、以前の職場で主の息子と恋仲になってね。屋敷を追い出されてからも、しばらくは相手の男の世話になっていた。今は別れたと言っているが、男と女の仲なんてものはそう簡単に終わるものじゃない。新しい職場を見つけ、無事に働いていると聞いていたんだが、最近になってかつての恋人から連絡が来たという」

その連絡こそが、王妃失脚のために助力してほしいという不吉な話だった。

侍女は男を止めるため、協力すると返事をした。協力するふりをしようと決めたのだ。

だが、男はほかにも複数の協力者を募っていたため、侍女は途中から自分が逃げ出せないことに気づいてしまう。

かつて愛した男が地獄に落ちる姿を見たくはない。

もし彼の計画が成功したとしても、人を貶《おとし》める行動は決して彼をほんとうの幸せには導かないと知っていた。

それでも、彼には復讐《ふくしゅう》以外の道がないのだと、悲しい侍女はわかっていたのだろう。

止めることもままならず、侍女はどんどんと巻き込まれていった。

最後の良心でジェイナのもとに赴き、侍女はこれまでのやり取りで入手した手紙や書面を置いていったのだという。

自分の手元にあっては、何かあったときに彼の不利になるかもしれない。

彼を守りたい気持ちと、彼を告発すべきだという気持ちの二律背反に苦しんでいるゆえの行動だとジェイナは言った。

「それは――その手紙はどこにある」

「あんたがほしがるだろうと思って、全部とってあるよ」

シミと汚れの残る古いテーブルに、ばさりと紙束が投げ出される。

レスターは飛びつくようにその手紙を手に取った。

「……これは…………」

そこに書かれていたのは、予想もしない人物の名前だった。

今までのオフィーリアが語った話を考えても、彼女が関係しているとは気づいていない。

——そうか。ズァイツェルを止めるだけでは、王妃殺害が終わらなかった。その理由が、彼女なのか。

ズァイツェルに加担することを躊躇《ちゅうちょ》していたというその侍女は、こちらの味方になってくれる可能性がある。

先にズァイツェルを確保することで、彼女が敵に回るというのなら——

「助かった。ジェイナ、これがあれば未来を変えられる」

「未来？　ずいぶん大げさなことを言うじゃないか」

「そうだ。私の愛する人が救われるのだからな」

礼を告げて、レスターはすぐさま騎士団の詰め所へ向かった。

ここからは自分ひとりでは手に負えない。

仲間の協力を得て、事態に対処する必要がある。

——先に侍女に話を聞く。そして、彼女の安全を保証した上で、ズァイツェルを捕まえる。

決意を胸に、レスターは冬の街を闊歩《かっぽ》する。その足取りは力強く、瞳の奥には揺るぎない心が覗いていた。

†　†　†

「つまり、ズァイツェル・ハイロードを幽閉したということなのね」

やっと話を聞き出せたときには、もうとっぷりと日が暮れている。

レスターは、来客用の長椅子に座ってティーカップを口元に運んだ。

「はい、そのとおりです。正確に言えば、ズァイツェルだけではなく、現在わかっている関係者全員を投獄しました」

「全員……」

「七名です」

——たった七人で、一国の王妃を陥れる策を実行していたなんて。

少ないと感じる反面、クローディアの死を望む人間が七人もいたことが信じられない。

「……ほんとうに、終わったのかしら」

いつも少しずつ状況は異なる。

歯車の組み合わせが変われば、クローディアの妊娠が発覚したり、ミリアムが地元に帰ってしまったり、処刑されなかったけれど毒殺されたりするのだ。

今回は冤罪を免《まぬか》れるところまでたどり着いたようだが、果たして毒殺から逃げ切れるだろうか。

——考えてみたら、処刑なら入れ替わりで対応できる。毒を盛られるほうが、対処が難しいんじゃないの？

「オフィーリア」

カップを置いたレスターは、両手を祈りのかたちに組んで、じっとこちらを見つめている。

「な、何?」

「ほんとうに、終わらせるんです。少なくとも冤罪で投獄されることはありません。そして、ここから先はあなたを死なせないために、私の全身全霊をかけてお守りします」

「………ありがとう」

主犯であるズァイツェルを捕らえたとはいえ、彼はまだクローディアを狙った動機を語っていないという。それがわからなければ、妹の無事は確約とは言えないだろう。

——それでも、ここまで来た。レスターのおかげで。

ふと、彼のカップがカラになっていることに気づく。

「お茶のおかわりを持ってきてもらうわ。ミリアム……は、いないんだったわね」

ついいつものクセでミリアムを呼ぼうとしたオフィーリアに、レスターがかすかに瞳を揺らした。

「いつもあなたのそばにいた侍女ですね」

「ええ、そうだけど」

なぜか表情を曇らせる彼を前に、オフィーリアは首を傾げる。

ミリアムが休暇をとったことを彼に話した記憶はない。ではなぜ、「いつもそばにいる」ではなく過去形で語ったのか。

「何か知っているの？」

「…………」

黙り込んだレスターは、脚を組み替えて視線を窓の外へ向ける。

——どうして、急にミリアムの話題になるの？　まさか、彼女が事件にかかわっているとでも……？

首筋がぞくりと粟立つ。

「ズァイツェルが恨んでいたのは、王妃ではなく陛下のようです」

「えっ⁉」

矛先の変わった話題に、オフィーリアは目を瞠った。

「動機について、まだ話してくれていないと……」

「はい。動機は語っていませんが、そこについてもこちらで調査済みです。ズァイツェル自身が書いた手紙にも記されていましたので、大きな齟齬《そご》はないでしょう」

では、なぜ王を恨んでクローディアを殺そうとするのか。

——それほど、陛下がディアを溺愛していたからということなのね。

クローディアは愛されすぎた。それによって、王を恨むものの標的になったのだ。

王自身を弑《しい》したところで彼は命を落とすのみ。

だが王妃を罪人として処刑すれば、王は悲しみ、その名に傷もつく。

「……なんて卑怯《ひきょう》なのかしら」

ズァイツェルにはズァイツェルの理由があっての行動だろうが、それによってオフィーリアの愛する妹が殺されかけた。それを許す気にはなれそうにない。

自分が身代わりとして殺されたことよりも、クローディアを苦しめたことがひどく不快だった。

「！　でも、たぶん前回もズァイツェルは捕らえられていたと思うの。それなのに、毒殺事件は起こったわ」

「油断せず、このあとも厳戒態勢を続けます。ただ、おそらく毒殺犯もこちらの手に落ちている状況です」

「おそらく、というのは？」

「詳細については、二月二十二日になってから話しましょう。よろしいですね？」

有無を言わせぬレスターに気圧《けお》されて、オフィーリアは渋々うなずく。


やがて一月が終わり、二月が始まる。

月が変わってすぐに、王妃クローディアの懐妊が発表された。

ほどなくしてハーシェル家には、王室から招待状が届いた。王妃懐妊の祝いの席をもうけるという。

開催日は、二月二十日。

運命の日が、やって来ようとしていた。

† † †

――あ、雪だ。

王宮へ向かう馬車の中で、オフィーリアは車窓から灰色の空を見上げる。

この冬、初めての雪が石畳に落ちてきた。

ふわり、ふわりと、まるで花びらのようにやわらかに降るそれは、繰り返した処刑台の景色を思い出させる。

けれど、今日は違う。もう、あの刃は落ちてこない。

「痛っ」

兄の膝がぶつかってきて、思わず小さく悲鳴をあげる。

「ああ、すまない。大人四人でこの馬車に乗るのは狭いよな」

「そうね。昔は家族みんなで乗っても余裕があったのに、うちの子たちはすくすく育ったから」

両親、兄、そしてオフィーリア。

四人そろって馬車に乗るのは、クローディアの結婚式以来だった。

——何度も、今日、殺された。だけど、今度こそ……

処刑台を免れたとはいえ、毒を盛られる可能性は否定できない。

レスターが警護についてくれると聞いているから、クローディアは無事だろう。

もともと妹と間違えられなければ、オフィーリアの命が脅かされることもなかったのだ。

できるなら、自分がクローディアを守りたかった。

——ううん。そんなことにこだわっていても意味がないわ。ディアに被害がないなら、誰に協力してもらっても構わない。レスターなら、あの子を守ってくれる。

「この冬は、初雪がずいぶん遅かったな」

降り始めた雪に気づいた父が、髭を指で撫でながら外を見た。

天から舞い落ちる六花を、今日は決して赤く染めはしない。

オフィーリアはぎゅっと指を握り込んで、自分の中の恐怖を抑え込んだ。

内々の祝席と聞いていたはずが、王宮には百人以上の客が招かれている。

国内の貴族たちが主で、ほかには神殿関係者や聖職者の一団、壁際には物々しく騎士たちが立ち並んでいた。

大広間の正面中央には王と王妃のための席が用意され、向かって左側に楽団が各々の楽器を手に演奏する。優雅でやわらかな音楽に、人々の華やぐ声が重なった。

「まあ、ハーシェル公爵家の皆さまがいらしたわ」

「ハーシェル公爵、このたびはまことにおめでとうございます」

「クローディアさまとご結婚なされてから、陛下はとても朗らかになられたそうで。すばらしい王妃をお育てになった公爵家の功勲ですわね」

クローディアの家族というだけで、皆が一家を大歓迎する。

――ディアはまだ姿を見せていないのね。

あたりを見回したオフィーリアは、そこにレスターの姿を見つけて目を瞬かせる。

彼はクローディアの護衛についてくれるはずではなかっただろうか。

相手もこちらを見つけて、まっすぐにオフィーリアのもとへ歩いてきた。

「な、何しているの？　どうしてディアのそばに……」

「何と言われましても、私は本日、ハーシェル公爵一家の近くで護衛を務めることになっています」

表情ひとつ変えない氷の騎士に、人前だということも忘れて文句を言いそうになる。

――いけないわ。こんなところでレスターと親しくしていたら、周囲にどう思われるか。

今のところ、ふたりの関係に名前はない。

彼は求婚してくれているし、クローディアの件が無事に片付いたら先々のことを考えていくつもりはあるけれど、噂話のネタにされるのはごめんだ。

「……ディアにも、きちんと護衛はついているのよね？」

声を落として、尋ねる。

「ええ、もちろんです」

「それならよかった。ありがとう」

お礼を言ったところで、わあ、と喝采が起こる。

天鵝絨を張った椅子の前まで、護衛の騎士を引き連れた国王夫妻が姿を現した。

かつてはこうした催しも最低限しか姿を見せなかった王は、晴れやかな笑顔で歩いてくる。

これもまた、クローディアという愛妻と巡り会えたおかげだろう。

——幸せそうな、ふたり。

今日、夫妻は新しい命を授かったことを発表する。

今まで何度も王と密談し、双子の妹の身代わりとなって処刑されてきたオフィーリアだが、それ以外で国王とふたりで話したことはない。つまり、この世界で彼と話す機会はあってほしくないところだ。

——大丈夫、ズァイツェルは投獄されていて、彼の仲間たちも捕まった。これほど華やかな会場で、毒を盛る機会なんてそうそうないはず……

不意に、視界に見覚えのあるうしろ姿を見つけた。

「……ミリアム？」

小さな声で、休暇をとっているはずの侍女の名前を口にする。

それを聞いたレスターが、信じられないとばかりに目を見開いた。

「まさか、彼女は騎士団の……に、閉じ込め……」

彼の声が途切れるのは、国王ジェイコブが立ち上がり、皆が拍手で出迎えたせいだ。

——閉じ込める？　どうして、ミリアムを？

表情を険しくしたレスターが、氷剣に手をかける。

「ま、待って。どうしてミリアムにそこまで」

だが、田舎に帰省しているはずの彼女が、この会場で王宮侍女の制服を着ているのは明らかにおかしな事態だった。

頭の中で、いくつもの出来事がつながっていく。

ミリアムがオフィーリアの側仕えになったのは、いつからだった？

何度か、彼女に対して既視感を覚えたのはどうしてか？

——あの、仮面舞踏会の夜に……！

猫の仮面をつけていた女性の、聞き覚えのある声。

あれは、ミリアムの声だったのではないか。

「本日はお集まりいただき、まことに感謝している。我が最愛の妻クローディアから、懐妊の兆候を聞いたのは二カ月前のことだ。王宮医官の調べで、后《きさき》は新たな命を宿していることが確認された。発表が遅くなったのは、彼女の体調を慮ってのことであって――」

王のスピーチが始まると、会場は水を打ったように静まり返った。

その中で、音も立てずに侍女たちがトレイを手に、あるいはワゴンを押して、慣れた様子で飲み物を運ぶ。

ミリアムもまた、果実水が入っていると思しき透明な瓶を手に――

「レイデルド王家に生まれてくる、新たな命を祝して」

王の杯に琥珀色《こはくいろ》の液体が注がれる。

会場に集まった誰もが、手に手に祝杯を用意した。

――ダメ！　ダメよ、ディア！

妊娠中のクローディアは、はにかんだ様子で王の姿を見つめている。今のところ、飲み物を手にする素振りは見られない。

「乾杯！」

一斉に周囲でも声があがる。

レスターが人をかき分けてミリアムに近づくのを、オフィーリアも必死で追いかけた。

もし、今、クローディアが毒の入った飲み物を口にしたら。

――そんなのダメ！　絶対にさせない！

「ディア！　ディア、ダメ！」

叫ぶ声は、王妃に届く前に歓喜する人々の波でかき消される。

「お願い……ッ、ダメなの、お願いだから！」

クローディアがこちらに気づき、微笑むのが見えた。

――間に合わない！

「行け、時間はこちらで稼ぐ」

「はい！」

レスターは、途中で呼び寄せたらしい騎士に耳打ちし、足を止めた。

「何してるのよ。立ち止まらないで！　早く、早くディアを……」

「いいえ、オフィーリア。あなたには協力していただきます」

「え、あ、わたしにできることなら、なんだって……！」

天井から吊《つ》るされた大きな大きなシャンデリアが、見上げたレスターの肩越しに光っている。

彼は美しすぎる笑みを浮かべ、オフィーリアの体を軽々と抱き上げた。

――どういうこと⁉

「お集まりの皆々様！　この場をお借りし、もうひとつのご報告をさせていただきたく存じます」

よく響くレスターの声に、誰もが目と耳を奪われる。

まったく事態が呑み込めないまま、オフィーリアは彼の首にしがみついた。

「レスター・クウェイフ、そうであったな。我が后と同じ魂を分け合った娘、オフィーリアよ。ふたりの婚約を、本日レイデルド国王ジェイコブの名において許可する」

先んじて、こうなることを予想していたとでもいうのか。

レスターの声に続いて、王がふたりの婚約に許可を出したではないか。

「な……な、な、なんで、なんでこんな……っ」

レイデルド王国では、双子は非常に珍しい。

しかも、ハーシェル公爵家の美しい双子令嬢の片割れであるオフィーリアが、国一番の氷の騎士と結婚するとあっては、誰もが驚きと祝福に盛り上がる。

「これでもう逃げられません。オフィーリア、私の妻になってくださいますね」

「そんなことを言っている場合ではないでしょ！」

「いいえ、これでいいのです。ほんの少し、時間を稼げれば――」

会場の誰もが興奮する中で、先ほどレスターに「行け」と言われていた若き騎士が、ひとりの侍女を取り押さえていた。

――ミリアム……！

かすかな抵抗と、諦めの瞳。

遠くからでも馴染みの侍女がうつむくのが見えた。

「……ディアを、守ってくれたのね」

「あなたを、守ったのです」

どちらでも同じだと、オフィーリアは思う。けれど、そうではない。

双子のどちらかではなく、レスターはオフィーリアを守り、慈しみ、愛し、結婚したいと言ってくれているのだ。

「不測の事態を考慮し、陛下にご協力いただく手はずは整えていましたが、さすがに肝が冷えました」

「え、じゃあ、ミリアムのことも想定していたの？」

「彼女はズァイツェルの協力者です。そして、この事件を解決する重要な証拠を提出してくれた人でもあります」

知らなかった。

いや、気づく機会はあったはずなのに、オフィーリアはミリアムを信じていた。今だって、何かの間違いではないかと思いたい。

「おめでとう、リア！」

何も知らない王妃クローディアは、幸せそうに手をたたいて微笑んでいる。

その姿を前に、オフィーリアは言葉にできない感情が込み上げてきて、今にも泣きそうになった。

妹を救えた喜びと、信じていた侍女に裏切られた悲しみと、長く続いた死に戻りの日々の終わりを感じて、心がこのままほどけてしまいそうだった——

† † †

茫然自失《ぼうぜんじしつ》ののちに、オフィーリアは怒りを取り戻した。悔しさと理不尽への反論を思い出した。長く閉ざすよう努力してきた感情を、受け入れた。

「放して！　わたしをここから出して！」

だが、そうなる前にレスターは、祝宴が終わってすぐにオフィーリアを馬車に乗せて王都から離れた湖畔の別荘へと連れてきている。

移動中、まだ頭が追いつかず、ミリアムの行動を理解できずにいた。

今だって、理解できたわけではない。だが——

「それは無理です」

レスターは、手にした鍵束をしゃらりと鳴らして見せつけてくる。

別荘の寝室に、ふたり。

扉は内側から施錠され、開けることがかなわない。

寝台と、大きなひとりがけの椅子、その正面に身支度のための姿見が置かれた室内は、暖炉の薪が爆ぜる音が不規則に聞こえていた。

二月二十日。

以前なら、この日を越えれば未来があると思っていた。

だが、前回毒殺されたことを考えると、二月二十一日も油断はならない。

――ディアに危険が迫っていたら、わたしが身代わりになる以外助ける方法はないのに！

「オフィーリア」

高ぶった感情にぶるぶると震える手を、彼がそっと撫でる。

「……わたしなら、ミリアムと話せるわ。わたしになら、きっと……」

「そうかもしれません。ですが、二日待ってください」

「そんなことをしている間に、何が起こるかわからないでしょ！」

ミリアムを取り押さえた騎士からの報告で、彼女が王妃に毒を盛ろうとしていた事実は明らかになっていた。

――もしも、ほかにまだ仲間がいたら？　二月二十日以降の未来を、わたしは知らない。

自分のいないところでクローディアに魔の手が伸びてきたら、誰が助けてくれるというのだ。

「お願い……！　わたしをミリアムに会わせて。それがダメなら、ディアのそばにいさせて！」

直接ミリアムと話せば、ほかに仲間がいるかどうかを確認できるかもしれない。教えてもらえないとしても、クローディアの替え玉を演じるくらいは——

ぐいと両肩をつかまれて、目を覗き込まれた。

「あなたが何を考えているか、わからないとお思いですか?」

「レ、スター」

彼の目は、静かな怒りに燃えている。

逃がさないとばかりにつかまれたはずの肩に、じわりとレスターの焦燥が伝わってきた。

「今まで、オフィーリアが身代わりとなって王妃を守ってきた。だから、誰も王妃が狙われていることに気づかなかったのでしょう。ですが、こうして未遂事件が起こったからには、王宮内の警備は厳重になり、王妃のそばにはかなりの人員配置がされるのです。あなたが、彼女を守らなくとも……」

あなたが死ななくてもいいのだ、と彼の目が告げている。

ずっと、自分の命を賭す以外にクローディアを救う方法を知らなかった。

けれど彼の言うとおり、オフィーリアよりも頼りになる人間がクローディアを守っている。

「だったら、ミリアムに……」

「まだわかりませんか?」

赤のにじんだ瞳が、いつもより黒く見えた。深淵《しんえん》のような昏《くら》さを込めた目で、彼がひどく冷たい笑みを浮かべる。

「危険なのは、王妃だけではないのです。わたしが守りたいのは、生きていてほしいのは――あなただけだ、オフィーリア」

ドレスのリボンがほどかれ、背中から布が引き裂かれる。

「っっ……、何を、こんなときに！」

「こんなときだからですよ。これから二日間、あなたはここで私と過ごすのです。絶対に逃がしません。この部屋から、一歩も外には出しません。ひたすら、私に抱かれて過ごしてください」

下着姿に剥かれて、反射的に胸元を隠す。

オフィーリアがその場にしゃがみ込むと、レスターは堂々と白い外套を脱ぎ捨てた。

ひらりと舞う白布が、足元に落ちる。

上着も乱雑に脱ぐと、彼はオフィーリアの手を取る。

「さあ、オフィーリア。何も考えられなくさせてあげます。私だけを見て、私だけを感じて、私だけを想ってください――」

長い、長い夜が始まろうとしていた。

――こんな格好、いけないのに……！

「ぁあ、あ、気持ちぃ……ッ……」

姿見に両手をついて体を支えるオフィーリアは、下着姿のまま甘い声を漏らす。

寝室には、ふたりの息遣いがひそやかに響いていた。

「おじょうずですよ、オフィーリア。もっと奥まであなたを愛させてくださいね」

浅瀬を亀頭でこすりつけ、レスターが腰を突き上げてくる。

「ダメ、おかしくなっちゃう……!」

「おかしくなっていただきたいのです。それに、駄目と言いながらあなたの体は、私をしっかりと受け入れていますよ」

ぬぷ、ぬちゅ、と淫靡な水音を立てて、彼がゆさゆさと腰を揺らしてみせた。

「は、っ……、ぁ、あ、奥まで、来ちゃう」

「ええ、奥まで愛したいので」

体の内側を埋め尽くそうとばかりに、張り詰めた先端がオフィーリアを抉る。

まだ慣れない隘路が、必死に彼の劣情を咥《くわ》え込んでいた。

しとどに濡れていながら、あえかに押し返す素振りをみせる粘膜は、こすられつづけて次第に雄槍を食い締めていく。

ぐぷ、とひときわ深く彼が腰を打ちつけてきた。

「ひ、ぁああッん! ん、ぅ、待って、こんな……」

性急に雄槍を突き上げられ、オフィーリアは白い背を反らす。

長身のレスターを受け入れているせいで、つま先立ちの体はひどく不安定だ。それなのに、彼は容赦なく愛情を叩《たた》き込《こ》んでくる。

——奥、かき回されるの、ムリ……ッ！

心まで突き上げようとする動きで、レスターが子宮口を打ちつける。

「待ちません。あなたを失いたくない私の気持ちを、わかってくださるまでは——」

無理な体勢でバランスを崩しそうになると、彼が強く抱きとめてオフィーリアを支えた。

しかし、腰の動きは止まらない。

「奥、ダメなの、ぁあ、あ、当たってるぅ」

「ここですね」

角度を変えて最奥にめり込んでくる亀頭が、ちゅ、と子宮口にキスをした。

「っっ……！　ぁ、あ、いい、いいの、気持ちよくて……っ」

引き抜かれる瞬間、互いの体が吸盤のように吸いつきあって、離れがたさがせつなさを生む。

「あ、ぁああ……ッ」

もう、何も考えられない。

わかるのは、全身を貫く快楽だけだ。

——レスターで、わたしの中がいっぱいになってる。

「す、き……」

「愛していますよ、オフィーリア」

「しっ……て、る、んんっ……」

彼の愛は、心にも体にもしっかりと刻まれていた。

何度も巡り合い、何度も別れを繰り返した人。

「もしも、この腕の中からあなたのぬくもりが奪われたら、私は正気でいられそうにありません。どれほど抱いても、どれほど閉じ込めても、オフィーリア、あなたはすぐにするりと抜け出してしまう。ならば、いっそこのままあなたが動けなくなるほど、抱き潰してしまいましょうか……?」

宵闇にうつろう彼の声は、悪魔のささやきにも思える。

どこか空虚で、どうしようもなく甘い。

愛はいつだって、人を愚かにする。

――だけど、それはわたしも同じこと。強引に体を開かれても、レスターに抱かれているだけで狂おしいほどの快感に溺れてしまう。

律動に合わせて、形良い乳房がはしたなく揺れた。

手袋のまま、レスターが右胸を弄《もてあそ》ぶ。

「んっ……、ダメ、胸も一緒にしたら……っ」

「ええ、知っています。あなたは、胸が弱いのですね。わざとですよ」

乳首をつまみ上げられ、オフィーリアの膝がガクガクと震えた。

もう、立っていられそうにない。

そう思った瞬間、上半身が鏡に押しつけられる。

「っっ……!」

「愛しています。愛しているんです、オフィーリア。どうか、私から逃げないでください」

「レスター、あ、わたしも……っ……」

「では、その日が来るまで私とここでふたりきりで過ごしましょう。誰にもわたしません。たとえ、女神にだってあなたを奪わせはしない――」

愛慾《あいよく》の時間は長く続き、オフィーリアから思考を奪っていく。

いっそこのまま、彼に抱き尽くされてふたりの体が溶けてしまったらいいのに、と心のどこかで思った。溶け合ってひとつになれるなら、二度と彼を不安にさせずに済む。

――わたしも、もうレスターと離れずにいられる、から……

激しい律動に崩れ落ちそうになると、レスターはオフィーリアを抱き上げる。

つながったままで寝台まで運ばれ、そのまままた背後から愛されて。

「あなたのせいで、私の体は狂ってしまったのかもしれません。何度放ってもすぐに劣情が湧き上がる。抱いても抱いても足りない。あなたを、もっと与えてください」

「レス、ター……」

甘く濡れた夜が、やがて朝を迎える。

レスターは眠るときですら、オフィーリアを決して離さなかった。

強く抱きしめて——ときに、つながったままで睡眠に落とされる。どうしようもないほどの情慾を奥深く刻んで、彼は眠る。

† † †

——そ、空が眩《まぶ》しい……っ！

真新しいドレスを着せられて、二日ぶりに吸う外の空気が肺にキーンと冷たい。

「オフィーリア、どうぞつかまってください。足腰が心配です」

「……誰のせいでこうなってると思う？」

「私であればいいと願っていますよ」

完全に言い負かされている。この男に口で勝つのは不可能だ。

とはいえ、体力も知力も何ひとつ勝てそうにない。

自分の無力さを噛み締めて、オフィーリアはレスターの腕を借りることにした。

そういえば、二十日に降った雪はもうすっかり溶けている。積もらなかったのだろうか。

「それでは、馬車での移動中に今の時点でわかっていることをご説明しますね」

「今の時点で……？」

湖は、美しい緑色に輝いていた。

冬の木々の合間を、馬の蹄音が聞こえてくる。王都へ戻るための馬車が来るのだと気づき、彼の言う説明が何を意味するのかようやくわかった。

「説明……！　聞かせてもらうわ！」

「ふふ、そのことすら忘れるほど私との情事に溺れてくださったのなら光栄です」

オフィーリアよりよほど体力を使ったはずなのに、余裕綽々《よゆうしゃくしゃく》の彼が憎らしい。

だが、今はそれよりも一連の事件について詳細を知りたかった。

馬車に乗り込むと、レスターがゆっくり話しはじめる。

それは、女神エンゲに勝るとも劣らない、悲しい恋の話だ——


シェリア・ハイロードは十九歳でこの世を去った。

一度は王妃と呼ばれた、線の細い美しい女性である。

彼女は国王ジェイコブの三番目の妻であり、ズァイツェルの歳の離れた妹だった。

伯爵家の令嬢であるシェリアには、幼いころから憧れる男性がいた。

兄の家庭教師をしていた彼は、名前をトマス・ジェイという。

外国語に長《た》けたトマスは、商会の通訳などをしながら、貴族の家庭教師をいくつか掛け持ちしていた。そして、その家の年頃の娘に粉をかけては自分に都合のいい駒として扱っていたのだ。

純真で内気なシェリアは、盲目的にトマスに憧れの感情を抱いていた。トマスのほうも、伯爵家の令嬢であるシェリアは都合のいい相手だったため、つかず離れずの距離を保っていたそうだ。

そんな淡い恋をしていたシェリアのもとに王室から縁談が来たのは、彼女が十七歳の誕生日を迎えたその夜。当然、社交界デビューもしていなかった。

当時、国王ジェイコブは過去二回の結婚で人間不信に陥っていた。

実際に、四番目の王妃であるクローディアと出会ったころもそうだったのだから、王はずっと人間関係に疲弊していたのかもしれない。一国の王として問題がある。しかし、王は人間だ。ひとりの人間としては、悩み、苦しみ、疲れ切ってしまうことがあるのもよくわかる。

ジェイコブの意志とは関係なく、若く美しく適切な身分のあるシェリアを王妃に、と後押しする勢力があった。そして、王は結婚を決める。

王族から求婚されたとあっては、シェリアに選択の余地はない。

その点については、オフィーリアにもよくわかる。同じ理由で、クローディアは王の四番目の后となったのだから。

「いや！　いやです！　わたし、結婚なんてしない！」

泣いて拒むシェリアを、両親と兄が必死に説得しようとした。

それでも首を縦に振らないシェリアに手を焼いて、ズァイツェルはトマスに協力を求めたそうだ。

「やれやれ、それは困ったものだね。シェリアは可憐なお嬢さんだが、まだ世間知らずなところがある。私が説得してみようか？」

トマスは泣き濡《ぬ》れるシェリアを優しくなだめた。

そして、もしもシェリアがこの縁談を拒めば、彼女の気持ちがトマスにあるとバレて、トマスの命が危なくなるとまで嘯《うそぶ》いた。

「そんな……トマスさまが……？」

「王は非道であられると聞くよ。人を人とも思わない、冷血の陛下。その方に睨まれては、私のような異国の血を引くものはすぐに殺されてしまうだろうね」

「……っ……、わたし、わたしがトマスさまをお守りします……！」

世間知らずの少女は、憧れる男性の言葉を鵜呑《うの》みに王室へ嫁いでいった。

ズァイツェルも両親も一度は安堵したものの、それから一年。

トマスの言葉を盲目的に信じていたシェリアは、国王ジェイコブを嫌悪し、心から夫婦になることもないまま、泣き濡れて暮らしていたという。

実のところ、王はただ孤独で誰のことも信じられないまま、王宮の奥に引きこもっていただけの人物だったのだが、それすらも知らずシェリアは離縁された。

王の人間不信が深まったのは言うまでもない。

彼は彼で、シェリアが自分を避ける理由も知らなかったのだ。

そもそも、なぜシェリアに白羽の矢が立ったのかといえば、王宮に出入りする商会の伝手《つて》で、トマス・ジェイが彼女を薦めたのである。

通訳とは名ばかりで、実際のトマスは他国のスパイという側面も持っていた。いや、これも当人が酒の席で声をひそめて匂わせていただけのこと。事実かどうかはわかっていない。とにかく、いくつもの界隈《かいわい》で具体的な関わりを持たずに顔をつなぐ、いわゆる破落戸《ゴロツキ》のような男だった。

そんなことはつゆ知らず、離縁されて幸せな気持ちで実家に戻ったシェリアが、やっとトマスと再会したとき、彼はほかの女性を連れていた。

「これはこれは、元王妃さまではありませんか。このたびはご愁傷さまでした。せっかくきみを王室に嫁がせてあげたのに、こんなことになるとはね。心配いらないよ。元王妃となれば、新たな箔《はく》がついたというものだ。王のお手つきをほしがる男というのもこの世にはたくさんいる。ははっ、まったく貴族というのは下卑た生き物だ」

トマスは、もうシェリアの前で取り繕う必要がなくなったのだろう。

以前のように優しい言葉を取り繕うこともせず、彼女が悲嘆に暮れる姿すら嘲笑《あざわら》って去っていった。

残されたシェリアはひどく打ちのめされ、結局実家に戻ってからも泣き暮らす日々が続き、そのまま病に倒れて天に召された。

妹を失ったズァイツェルは、自身のしたことを悔やんだ。

シェリアがトマスをほのかに想っていたのを、兄である彼は知っていたのだ。

ただし、トマスの腐った人間性までは見抜けないままだった。妹の死の原因を、王との結婚だと信じていた。

ズァイツェル自身も、シェリアの結婚と前後して身分違いの自分の恋を終わらせていた。

家のためという理由でシェリアに王との結婚を勧めたからには、自分だけが侍女との恋を続けられないと思ったそうだ。

侍女――かつて、ズァイツェルの家で働いていた彼女は、オフィーリアの側仕えをしていたミリアムである。

折しも運悪くズァイツェルは伯爵である父にミリアムとの恋仲が知られてしまい、彼女は屋敷を追い出された。

しばらくの間、彼はミリアムを匿って小さな家を借りて面倒を見ていたのだが、そのときにはすでにふたりの仲は恋愛ではなくなっていたのだ。

ミリアムは、出ていった。

彼女の行方を知らぬまま、ズァイツェルは騎士としての仕事に励んだ。シェリアが実家に戻ってからは、妹を励まして新しい人生をやり直させてやろうと尽力していた。

だが、妹はたった十九歳で亡くなった。

何も残らない。

努力しようと、愛する者を諦めようと、結局何ひとつ残せはしない。

そして、彼は運命を曲げる決心をした。

シェリアの死後、ズァイツェルが久しぶりにかつての家庭教師だったトマスと再会し、彼から聞いたことは――

「どうやらハーシェル公爵の双子のご令嬢というのは、ずいぶんたちが悪いらしいな。四番目の王妃になったクローディアは、シェリアが王妃だったときから王のお気に入りだったらしい」

その女がいたから、シェリアは王に捨てられたのか？

それなのに、その女は今、王妃として民に慕われ、王に愛されているというのか？

憎い。王も王妃も憎い。

妹を死に追いやった者たちを、ズァイツェルは心から憎んだ。

自分も、そのひとりだった。

王妃には無実の罪で死んでもらう。

王妃を愛しているというのなら、王は人の心の痛みを知ることになる。

だが、もし王妃を失ってなお次の王妃探しをするようならば、そんな王など死んでしまえばいい。王も、国も、何もいらない。

「すべて、滅んでしまえばいい――」


馬車が王都に到着し、市街を抜けて西の森へ向かう。

オフィーリアは、押し黙ってうつむいていた。

何度も何度も命を奪われる苦しみを味わった身としては、ズァイツェルの言い分にうなずけない部分は多い。しかし、ミリアムはズァイツェルを止めようとしていてくれたという。彼の暴走を止めるために、元薬屋の遠縁に彼の手紙をあずけたのだ。それがレスターの目に触れることを、知っていて。

「申し訳ありませんでした」

「……どうしてレスターが謝るの？」

「あなたにすべてを明かせば、きっと悲しませることがわかっていました。おそらく、私ではない『私』も、同じような理由で真実を告げることを避けたのでしょう」

ああ、とオフィーリアは思う。

なぜこれまでのレスターが、自分にズァイツェルの名を伝えたがらなかったのか。知ったときには、彼の属する騎士団の一員だからかと考える部分もあったが、そうではなかった。

ズァイツェルの動機を語ることは、彼の悲しみを説明することになる。

――わたしが悲しむから、言いたくなかったの？

「それに、あなたの侍女も絡んでいます。彼女は情報提供者だったので、投獄するのではなく保護していたのですが――」

「一介の侍女を取り逃がすだなんて、騎士団も困ったものね」

「そのとおりです」

一度はズァイツェルを裏切る決心をしたミリアムが、なぜクローディアを毒殺しようとしたのかは、まだわからない。

当初沈黙を貫いていたズァイツェルが口を割ったのは、ミリアムが捕まったことが理由だという。彼女は巻き込まれただけで、首謀者は自分だと証明したかったのだ。

――誰もが、誰かを愛している。その愛ゆえに、わたしの大切な妹を殺そうとした。許すことはできない。だけど……

「きっと、ディアが判断するわ」

「王妃が？」

「ええ。あの子は優しいの。それに、ああ見えて賢いのよ。だから、王に進言するなり方法を考えるはず」

白い手袋をはめた手が、そっと頬に触れる。

「王妃が優しくて賢いことは予想できていました」

「予想というのはおかしな話じゃない？」

「おかしくなどありません。オフィーリア、魂の片割れであるあなたがこれほど優しく賢明であるのですから、あなたの愛する妹もそうだと考えるのは道理でしょう」

「……レスターって、ちょっとわたしを理想化しすぎていない？」

ここまで手放しで絶賛されると、妙に気恥ずかしい。

事実、オフィーリアは妹と違って縁談もなく、適齢期だというのに恋愛経験のひとつも――

「あっ！」

「どうかされましたか？」

「あなた、そういえばわたしに求婚しようとした男性をことごとく決闘で倒してきたって……」

「ええ、そうです。オフィーリアを妻に望む者は多かったので、それなりに骨が折れました」

「そのせいで、わたしは誰からも求婚されないお転婆令嬢扱いをされてきたのよ！」

「ご愁傷さまです。ですが、すでにあなたの婚約は国中に知れたようなもの。これからは、お転婆な女主人となってください」

　夢見心地で微笑む彼が、ほのかに頬を赤らめる。

　悔しいけれど、かなわない。いつだって、オフィーリアはレスターの手のひらの上で踊らされている。

　――だけど、それも悪くない、かしら。

「それなら、トマスという男もついでに成敗しておいてくれればよかったのに。結局、その男がいちばんの悪だもの」

　照れ隠しにそう言うと、彼は奇妙に眉を歪めた。いくらなんでも不謹慎な言い方だっただろうか。

「あなたが、そうおっしゃってくださるとは思いませんでした」

　――え？

「オフィーリア、愛しいあなたを何度も死なせる元凶となった男は、もうこの世にいません。ご安心ください」

「い、いつの話？」

「さて、いつだったでしょうか。あなたは何も知らなくていいのですよ。私の一方的な愛のなせることなのですから――」

　幸せそうに微笑むレスターだが、その笑みには底知れない闇が垣間見《かいまみ》える。まったく、彼にはかなわない。

「ああ、そろそろ到着しますよ」

「……連れてきてくれて、ありがとう」

「あなたが喜んでくださるのでしたら、なんなりと」

馬車が石造りの小さな小屋の前に到着する。

ここに、ひとりの女性が幽閉されているのだ。


見張りの騎士が、鍵をはずす。

ぎい、と軋んだ音を立てて扉が開くと、外からはただの小屋にしか見えなかった室内が、ただの部屋ではないことがわかった。

足首に鎖をつながれたミリアムは、椅子に座ってうつろな目でこちらを見る。

一瞬で、彼女の表情が変わった。

「つっ……、オフィーリア、さま……」

今にも泣き出してしまいそうな侍女を前に、オフィーリアはツカツカと室内を歩く。まっすぐに、ミリアムの座る席の正面へ向かうと、テーブルを挟んで古木の椅子に腰を下ろした。

「話は聞いたわ、ミリアム」

「………」

うつむいた彼女は、何も語らない。

見れば、拘束は脚だけではなく手首にも及んでいる。両手首に縄をかけられ、白い手首が赤く腫れていた。

「ちょっと、待っていて」

「え、あ、あの」

一度は座った椅子から立ち上がり、オフィーリアは外で待っているレスターのもとへ戻る。

彼は、きっと持っているだろう。常に持ち歩いていると言っていた。

「どうかされましたか?」

こちらが声をかけるよりも早く、レスターが驚いた様子で近づいてくる。

「レスター、あの傷薬は今日も持っている?」

「ええ、ありますが。まさか、オフィーリア、怪我を⁉」

「わたしじゃないわ。薬をちょうだい」

「はい。こちらです」

受け取った薬を確認し、「ありがとう」とひと言残して部屋に帰った。

何が起こっているのかわからないと言いたげなミリアムが、当惑した顔でこちらを見ている。

――たとえミリアムがどんなに罪深いことをしたといっても、彼女はまだわたしの侍女だわ。

今は休暇をとっているだけ……

「ミリアム、両手をテーブルの上に」

「は、はい」

縄は手首に食い込むほどきつく巻かれているわけではないが、隙間があるせいで擦れてこまかな傷ができ、皮膚が腫れているようだった。赤くなった部分に、指で丁寧に傷薬を塗っていく。

「こんな、こと、なさらなくても……」

「どうして？　あなたはわたしの侍女でしょう？」

「主は、侍女に薬を塗る必要はありません」

「そう。だったら、それでもいいわ。ディアを殺そうとしたことと、わたしが二年間あなたに助けられてきたことは別のことだもの」

「それは……っ……」

薬を塗布し終えると、オフィーリアは蓋をして椅子に座った。侍女は目をそらし、こちらを見ようとしない。バツが悪いのも当然だ。

──だけど、あなたはズァイツェルを選んだ。愛のために。

「事情は、おおまかに教えてもらったわ。あなたはつらい恋を捨てて、我が家に来たのね」

「……誰にでもある、どこにでもある話です」

苦しげに声を振り絞り、ミリアムが自嘲を漏らした。

「ハーシェル公爵家に勤めたのは、ただの偶然でした。侍女をお求めのお屋敷に紹介してくれるという食堂があって、そこで……」

「疑っていないわ。最初からわたしを騙したかったわけではないんでしょう?」

「はい。もちろんです。ですが――」

レスターの語った話からも、ミリアムが積極的に行動していたわけではないのはわかっている。

むしろ、ズァイツェルを止めようとすらしてくれていた。

――それなのに、最後はディアを殺そうとした。ズァイツェルたちが捕まったあとだというのに。

「……すべて、忘れて生きていこうと思いました。あの人のことは、忘れなくてはいけないと思っていました。協力してほしいと手紙をもらったときも、断りたかった。わたしは、オフィーリアさまのもとにお仕えして、救われたのですから」

ミリアムの目から、涙がこぼれる。それは、こらえきれない嗚咽《おえつ》とともに室内を湿らせた。

「ですが、わたしが提出した証拠と証言のせいで、彼が捕まったのを知ったとき、どうしようもなくこのままではいけない気持ちになったんです。わたしは、卑怯でした。ほんとうに彼を止めたいなら、人の手を借りずに彼と向き合うべきだったんです」

「そんなことはないわ。あなたは――」

「いいえ、わたしがいけなかったんです。だって、知っていたんです。彼がシェリアさまを大切にしていたことも、彼女を助けられなくてひどく苦しんでいたことも……。だからって、してはいけないことだと、わかっていて、その上であんな残酷な計画を立てた。わたし、わたしは、ひとりで救われてしまったけれど、あの人にだって手を差し伸べる誰かがいたら……きっと、こんなことに……」

少しだけ、ミリアムの行動の理由が見えた気がした。

彼女がオフィーリアのもとで働くことで救われる気持ちがあったのだとしたら、ズァイツェルにはそれがなかったのだろう。

ひとりだけ、救われてしまった。ミリアムはそのことに罪悪感を持っていたのだ。

「許されるとは思っていません。それに、オフィーリアさまに合わせる顔も……ありません……」

「……ねえ、ミリアム。わたしは今でも、心のどこかで思っているの」

ゆっくりと単語を区切って話しかける。まだ、信じたいと思うから。

「あなたは、あのとき誰も気づかなかったら、ほんとうにクローディアに毒を飲ませたかしら。わたしは、そうじゃないと信じてる。あなたはきっと、飲ませなかった」

「オフィーリア、さま……？」

「迷っていたかもしれない。本気でそうしようと思ったかもしれない。だけど、ギリギリのところであなたは踏みとどまってくれたはずだと、わたしはそう信じたい。これまで二年間、そばにいてくれた。あなたが救われたというのなら、わたしだって同じように救われていたのよ」

クローディアが王に嫁いでから、オフィーリアの孤独を癒やしてくれたのはミリアムだった。いつも明るく朗らかで、ときに姉のように、ときに友人のように、そばにいてくれた侍女。

彼女を信じたい気持ちはどうやっても消せない。

「……そんなお人好《ひとよ》しなことを言っていると、そのうち困りますよ」

泣き笑いのミリアムが、涙を拭う。

「もうじゅうぶん困っているわ。だから、いつか……いつか、また……」

その続きは言葉にしなかった。

大切な妹を危険な目にあわせた相手だということも、オフィーリアはわかっている。何度も何度も自分が殺された原因は、ミリアムにだってあるのだ。自分の苦痛だけではなく、レスターを悲しませたことも知っている。

──だから、続きは言わない。だけど、生きていてほしいと思ってるから。

「さようなら、オフィーリアさま」

「……さよなら、ミリアム」

目を赤くしたふたりは、そこで別れた。

オフィーリアには、彼女を裁く権利も、彼女を許す権利もない。ただ、誰もが幸せであってほしいと心から思った。

外に出ると、冬の冷たい風が頬を撫でる。

レスターは、何も言わずにオフィーリアを待っていてくれた。

「………」

何か言おうとしたけれど、声にならない。今はまだ、心の整理がついていないのだと自分でもわかる。

「レスター」

「はい」

「レスター、ありがとう」

言えたのは、それだけだ。

オフィーリアは彼の胸に抱きついて、子どものように泣きじゃくった。

西の森の木々を揺らして、冬の風が吹き抜けていく。けれど、冬は永遠に続かない。

続くのはきっと、長い長い死に戻りを終えて始まった、彼との恋だけ――

† † †

王妃暗殺未遂という恐ろしい事件があっても、人々の生活は続いていく。

春が訪れるころ、すっかりお腹の大きくなったクローディアから王宮に来てほしいと頼まれた。

結婚の準備に明け暮れていたオフィーリアは、一も二もなく妹のもとへ駆けつける。

――ディアのほうから来てほしいと言い出すなんて、何かあったの？　まさか、また何か事件が……！

「ディア！」

案内された部屋に入ると、クローディアは長椅子に座って編み物をしていた。

「あら、リア。もう来てくれたの？　早かったのね」

「だ、だって、あなたに何かあったんじゃないかって……」

青ざめた双子の姉を前に、クローディアは困ったように微笑む。

「ほんとうに心配性ね、リアったら。だけど、これからはわたしのことより、あなたの家庭を大切にしてくれなくちゃイヤよ？」

「っっ……、そっちこそ、気が早いわ。結婚はまだなのに」

「もうすぐでしょう？　わたしも、ほんとうはお祝いに駆けつけたいのだけど……」

王妃の出産予定よりも早く、レスターとオフィーリアは結婚する予定になっている。

お腹の大きなクローディアが参列するのは、誰が見てもよろしくない。彼女の体を考えれば、結婚式をもう少しあとにすべきだとも思ったのだが、レスターを待たせるのも悩ましいところだ。

「ねえ、リア。実は、わたしを暗殺しようとした人たちの裁判がすべて終わったの」

「!　そう、だったのね」

レスターは何も言っていなかった。彼が知らないとは考えにくいので、あえて言わずにいるのだろう。

「陛下がご提案してくれたおかげで、誰も処刑されずに済んだわ。それで、あなたにお願いがあって――」


妹からの頼まれごとで外出することになったと告げると、レスターは当然のように馬車を手配し、自分も同行すると言い出した。

行き先は、母の実家がある土地だ。そこには女神エンゲの神殿もある。

「なんだか久しぶり。子どものころは、よく夏になると遊びに来たの」

まだ夏には早い。思い出の景色よりも緑の色が薄いのはそのせいだ。

「そうなのですね。最近は来ていなかったのですか?」

「たぶん、最後に来たのは十五歳ぐらいかしら」

神殿に入ると、どこかひんやりした空気を感じた。

オフィーリアを待っていてくれた神殿長が、レスターを見て驚いた顔をする。

「まあ、あなたは……！」

「お久しぶりです、神殿長どの」

――ん？　どうしてレスターが神殿長と顔見知りなの？

「あのときはびっくりしました。ですが、オフィーリアさまと一緒にいらっしゃるだなんて、さらに驚きです」

「あの、どうしてふたりは知り合いなの？」

子どものころから神殿を頻繁に訪れていたオフィーリアが尋ねると、昔と変わらない優しい神殿長が微笑む。

「その話はのちほどにしましょうか。クローディアさま……いいえ、王妃さまからもご案内を頼まれていますので」

神殿には、まだ十歳に満たない子どもから神殿長よりも年上の老人まで、多くの人が働いている。

幼い子の多くは親を亡くし、神殿で暮らす者たちだ。十三歳になると、望めば神官になるための勉強をすることもできる。

神殿長もまた、そうしてこの神殿で育ったのだと聞いたことがあった。

「こちらです。――ミリアム、いらっしゃい」

「はい」

神殿の中庭に出ると、神殿長が手招きする。

駆け寄ってきたのは、白い衣をまとったミリアムだ。

クローディアから聞いた話によると、罪を認めて反省していたミリアムに対し、王は十年の神殿仕えを望んだという。かつては政治はおろか裁判にもほとんど口を出さなかった国王ジェイコブは、愛する妻と寄り添うことで変わった。

何より、王はシェリアの一件について知らなかった過去を知り、自分も彼女の死にかかわってしまったとズァイツェルに頭を下げたというのだ。一国の王が罪人相手にそのような行動を取るのは、あまりよろしいことではない。それを知っていて、ジェイコブは自身の過去を謝罪した。

「こんにちは、ミリアム」

「ようこそいらっしゃいました、オフィーリアさま」

髪を切ったミリアムは、掃除道具を手にして健康的な笑みを見せる。

「神殿での暮らしはどう？」

「はい、皆さまからいろいろ教えていただいて、学ぶことが多いです。十年経って罪を償いおえたあとは、できれば神官の資格をとる勉強をしたいと考えています」

「そう、なのね」

この神殿に骨を埋める覚悟だと、ミリアムは言っているのだ。

「陛下と王妃の慈愛に満ちたご判断が間違っていなかったと皆に思っていただけるよう、全身全霊を賭けて尽力いたします」

もとよりまじめなミリアムならば、きっと勤め上げることだろう。

――ミリアムにも、幸せでいてほしい。罪を償ったら、そのあとは……

「今後、神殿への視察が私の仕事となった。ミリアム、国王夫妻のお気持ちに応えるためにも、しっかり励むように」

「はい、ありがとうございます」

レスターの言葉に、ミリアムが深く頭を下げる。

「えっ、レスターが神殿の視察担当なの？」

「はい。あなたの夫となるのですから、私が適任でしょう」

たしかにオフィーリアは神殿と縁のある血筋だ。だが、それだけで騎士団の副団長を視察担当にするのは、彼の仕事が増えるばかりではないだろうか。

「それに、ここでお世話になるのはミリアムだけではありませんよ」

「え……？」

「ズァイツェルも、神殿の外警備として働くことになったのです。彼の刑期も十年。これからは、頻繁にこちらを訪れることになりましょう。よろしければ、その際にはぜひオフィーリアも同行してください」

「わ、わかったわ」

オフィーリアからすれば、ズァイツェルは何度もクローディアを処刑台に送った男なのだが、実際にこの世界で彼は冤罪の計画を立てただけである。実行したわけではないため、それほど重い刑に処されることはなかった。

——まあ、わたしが何度も何度も殺されたことは、彼にはわからないんだろうし。そこは、見逃してあげるわよ！

「ミリアム、おふたりを泉にご案内してもらえる？」

「かしこまりました、神殿長さま」

泉には、覚えがある。

子どものころにクローディアと遊んでいて、泉に落ちそうになったときに当時の神官たちからきつく叱られたのだ。

——だけど、どうして泉に？

「行きましょう、オフィーリア」

「え、ええ」

ミリアムの案内に、レスターとオフィーリア、そして神殿長があとを追う。なんにせよ、ミリアムが穏やかにここで暮らしていけることが嬉しい。今は余計なことは考えずにいよう。そう思ったのだが――

「この泉は、女神エンゲが人々のために水を湧かせたと言われるものです。オフィーリアさまには、幼いころにお話ししましたね。覚えていますか？」

「覚えています。ほんとうなら、来訪者が近づくのもよくないと聞いた気がするのですが」

ちらりとレスターを見やる。彼をここまで入れていいのか。

――わたしの婚約者だから？　だけど、レスターは泉を見ても感動したり驚いたりしなかった。神殿長さまとも顔見知りだし、もしかして以前にも来たことがあるの？

「さすがは神殿長どの。私がここに用があることもお見抜きだったのですね」

彼の言葉に、目を丸くしたのは言うまでもない。

本来、聖なる場所とされる泉に近づくことを許されないはずのレスターが、この泉を知っている。

「ええ、まあ、そうですわね。どちらかと申しますと、以前にクウェイフさまがお預けになったものを、持ち帰っていただきたくて」

歯切れの悪い神殿長に、レスターがうなずく。

いったいなんの話だろう。

「実は、王と王妃の結婚の際、私はオフィーリアのそばで警備を担当していました。そのときに、あなたが銀の指輪を落とされたのです」

「……待って、なんの話？」

「ふたりの思い出の話ですよ」

彼が言うことによれば、レスターは拾った指輪をオフィーリアに届けるのではなく、ふたりの未来を祈願してこの神殿に持ってきた。本来、足を踏み入れることを許されない泉だが、彼は神殿に大金を寄付して短い時間だけ、ここまで来ることを許可されたそうだ。

「そのときに、この泉にあなたの指輪を預けたのです。どうかふたりが結ばれ、永遠の愛を手に入れられますように、と女神エンゲに祈りを捧げて――」

「ちょっと！　神殿長さま、これはどういうことなんですかっ⁉」

思わず大きな声が出たのも仕方がない。

なにしろ、この泉には伝承がある。幼い日、泉に落ちそうになった双子は、その話を聞いて青ざめたほどだった。

「ほんとうに、わたくしたちも困ったものだとは思っていたのです。こうしてクウェイフさまが取りに来てくださって安心しました」

――つまり、ほんとうにここにわたしの指輪が……？

「レスター、あなた、知っていてやったことなの？」

「知っている、とは」

「ここはね、投げ入れられたものの持ち主に、女神エンゲと同じ運命をたどらせるという伝説がある泉なのよ！」

自分で言っていて、頭が痛い。

――つまり、レスターが泉にわたしの指輪を預けたせいで、わたしは死に戻りの運命にいたということ……⁉

「では、オフィーリアが女神で、私が女神と結ばれる人間の男というわけですね。運命を感じます」

「そういうことじゃなくて！」

彼は袖をまくると、躊躇なく泉に手を突っ込んだ。

「なっ、待って、ちょっと！」

「ありました。これです。きちんとケースに入れておいたので、無事だといいのですが」

密閉されたケースを開けて、レスターが銀の指輪を取り出した。

水に反射した光が、指輪をきらめかせる。二年以上も泉の中にあったとは思えないほど、指輪は美しさを保っていた。

「さすがは伝説の泉ですね。私の願いを聞き届け、こうしてあなたと結婚できることになりました。女神エンゲには心より感謝いたします」

「あなたね……」

オフィーリアはひたいに手を当て、大きなため息をつく。

だが、ほんとうにこの指輪が時間の巻き戻りに関与していたのだとしたら、彼の行動によってオフィーリアは妹を助けることができたのかもしれない。

——それに、もしわたしが身代わりで処刑されてそのまま死に戻ることもなかったら、レスターと結婚することにもなっていなかった、たぶん。

だとすれば、彼のおかげで救われたということに——なるのだろうか。

「オフィーリア、どうかされましたか?」

「……もう、願いはかなったのね」

「はい、もちろんです」

「じゃあ、次は違うことをわたしに誓って」

眉根を寄せたまま、彼を見上げる。

美しい騎士が、破顔してうなずいた。きっと、彼はオフィーリアの頼みならなんでも受け入れる覚悟だ。

「何を誓えばよろしいですか?」

「一生」

「はい」

「一生、わたしを好きでいるって、誓って」

「ああ、オフィーリア」

彼は指輪を持ったままで、婚約者をその腕に掻き抱く。

「誓います。喜んで誓いますとも。何度殺されても、必ずあなたのもとへ戻ります。そして、生涯あなたを愛し抜きます」

――ちょっと怖いんだけど、レスターらしいといえばレスターらしい、かしら。

「わたしも、誓うわ。生涯、あなたのそばにいる。あなたを、愛してる――」

† † †

チャペルの鐘が盛大に鳴り響く。

澄み渡る青空に、白い鳥が飛び立った。

「おめでとうございます、副団長！」

「ご結婚、おめでとうございます」

整列した騎士たちが、レスターに向かって声をかけた。

――これで、わたしはほんとうにレスターの妻になったんだわ。

まだどこか夢見心地で、オフィーリアは美しい夫を見上げる。

真紅の上着に、風をはらんで膨らむ白い外套。涼しげな眉目の彼は、幸せそうに微笑んでこちらを見つめていた。

「オフィーリア、結婚してくれてありがとうございます」

「ふふ、あらたまってどうしたの？」

「こんなにも幸福な日が自分の人生に訪れるだなんて、考えたことがありませんでした」

「そ、それは……わたしも、同じだけど……」

「これからは堂々と子作りもできますね」

──今までだって、堂々となさっていたような気がするんだけど⁉

返事に詰まったオフィーリアは、頬を染めてぷいとそっぽを向く。

そんな花嫁が愛しくてたまらないとばかりに、レスターはヴェールをそっとめくって、彼女の細いうなじにキスをした。

「っっ……！　な、何を、こんなところで……！」

「あなたが振り向いてくださらないからですよ？　さあ、オフィーリア、皆の期待に応えるためにも、もう一度誓いのキスをしましょう」

純白のウエディングドレスを纏《まと》うオフィーリアは、困り顔で愛しい夫にうなずいた。

──大丈夫。さっきも触れるだけのキスだったから。

そう思ったのが、甘かった。

「んんっ……⁉」

唇が重なったとたん、レスターは躊躇なく舌を絡ませてくる。

――う、嘘でしょ！

口腔の攻防戦に、オフィーリアの勝機はない。

背がしなるほどに抱きしめられ、つま先立ちで彼のキスに翻弄されるばかりだ。

「ダメ、もぉ、これ以上……」

「このまま、寝室へ連れ込んでしまいたくなりました」

「……夜になるまで、おあずけよ」

ふたりは目を見合わせて微笑み合う。

若き幸せな新婚夫妻を前に、誰からともなく拍手がわきあがった。

† † †

寝室のカーテンの隙間から、三日月が見える。

寝台に仰向けになったオフィーリアは、右手をそっと伸ばしてみた。もちろん、届くわけはない。けれど、こんな夜は月さえも捕まえられるような気がしたのだ。

「どうしたんですか？」

「月が……」

鍛え上げた逞しい体を惜しみなくさらして、レスターがオフィーリアの視線を追う。

「月に、見られていますね」

すでにふたりは、今夜二度も愛し合ったあとだ。

カーテンがずっと開いていたのなら、月はふたりを見ていたに違いない。

「レスター、そろそろ」

眠りましょう、と言おうとした唇を、彼がキスで塞いだ。

「ん、んっ……」

「まだ、足りません」

オフィーリアを抱きしめると、彼は先ほど精を放ったばかりの蜜口に雄槍の先端をめり込ませてくる。

——う、嘘でしょ。三回目?

たしかに婚前交渉はあったものの、今夜が正式な初夜である。

新郎は愛を過剰に注ぎ、すでにオフィーリアは膝も腰も蕩けてしまいそうなほどに感じたあとだ。

「んぅ、ぁ、あああ、っ……」

互いの体液でしとどに濡れた隘路が、情慾の楔を受け入れてあえかにうねる。

「何度抱いても、足りないのです。あなたがほしくて狂ってしまいそうですよ、オフィーリア」

耳元で甘く囁いたレスターが、強くオフィーリアの体を抱きしめた。白くやわらかな肌が、今は上気している。薄く汗ばんだ肌を重ね、キスで吐息を奪い合えば、早くもレスターが腰を揺らしはじめたではないか。

「お願い、レスター……っ」

「やめて、という以外のお願いでしたら」

「……待って、とかは？」

「却下です」

微笑んだ彼が、オフィーリアを抱きしめたままで寝返りを打つように天地を入れ替えた。

「え、えっ……!?」

当然、彼の劣情を呑み込んだままだ。今までとは違う角度で当たるそれに、オフィーリアは思わず目を閉じる。

そして、目を開けたときには——

「！　な、何、こんな……恥ずかしい……っ」

レスターに跨《また》がり、自分から彼を咥え込んでいるような体勢になっていた。

「は……っ……、たまらない、です。あなたの中が私を食いしめて離さない」

逃げようとする腰を、彼は左右からしっかりとつかんでしまう。

腰と腰が密着し、根元から先端にかけて劣情が脈を打つのを感じた。それだけではない。先ほどまでより、さらに逞しく張っている。ビキ、ビキと体の中で彼のものが破裂直前といった様子で震えた。

「私ばかりがあなたを好きに抱いてしまいました。今度はどうぞ、オフィーリアの好きに私を奪ってください」

「うう、こんな、ムリ……」

「無理ではありませんよ。ほら、あなたのここは嬉しそうに私を感じてくれています」

人差し指が、つながる蜜口をつうとなぞる。触れられていない花芽が、ぴくんと反応した。

「ぁあ……っ」

意志に反して、腰が揺れる。彼の言うとおり、オフィーリアが自分からレスターを奪う動きだ。

「や……ん、あ、あ、これ……奥に……」

「当たっていますね。あなたの体重がかかる分、いつもより奥までつながっている気がします」

おいで、と彼が右手でオフィーリアの体を引き寄せる。

彼のなすがまま、自分からレスターにくちづけた。我慢できないとばかりに彼の舌が口腔を弄《まさぐ》る。その動きに会わせて、オフィーリアは腰を揺らす。

キスとつながる場所、どちらからも甘い水音が響いていた。

「ん、キスしたままだと……ぁ、ああ、すぐ……ッ」

「すぐ達してしまいそうですか？　いいですよ。あなたの中が、ひくついているのがわかります。私を搾り取ろうとしているんですね」

「は、ぁっ……んん……」

子宮口を押し込む亀頭が、ビク、ビクンと震えている。彼も感じてくれているのだと思うと、いっそう体が甘く潤う。

「かわいいですよ、オフィーリア。自分から腰を振るあなたを見たかった……」

「初夜なのに、こんな、激しすぎ、ぁあああっ」

「ああ、いけませんね。逃げないでください」

感じすぎて逃げそうになる新妻を、彼は下から突き上げてくる。

「ひ、ァア……ッ」

——これ、きちゃう。奥まで、全部入ってる。

「奥、ぁ、当たって……んっ」

「ちゃんといちばん奥で射精させてくださいね。かわいいあなたを愛している証拠ですから」

「ん、ぁ、あ、ダメ、もぉイッちゃ……ぁああ、あ！」

ごりゅ、と最奥を抉られて、オフィーリアは全身を震わせた。

けれどレスターの動きは止まらない。いっそう激しく突き上げられ、腰の奥が溶けてしまいそうだ。

「や……っ、し、死んじゃう、こんな、ぁあ」

「死なないでください。あなたが死んだら私も死にます」

新婚初夜の愛の言葉にしては、相変わらずレスターは重い。

「だったら、もう許して……」

涙目で見つめると、一瞬目を瞠った彼の劣情が、さらに大きさを増す。

――嘘、また大きくなった……!?

「そんなかわいい顔をして、あなたは私を狂わせる天才ですね。でしたら、未来のために鍛えましょう。あなたが長生きできるように協力します」

ぬぽ、ぬぽッと大きく音を立て、レスターがさらにオフィーリアを愛し尽くそうとする。

「そ、そんな協力いやッ！　ぁ、あ、気持ちぃ……ッ」

「もっと気持ちよくなってください。一生、あなたを愛しますからね」

「あっ、ああ……、おかしくなっちゃう……」

「いくらでもおかしくなってください。私の前でだけは、すべてを見せて、オフィーリア」

三日月の見下ろす夜。

レスターは強く腰を突き上げて、遂情する。

「奥に……っ、んっ、いっぱい……っ」

「愛しています、オフィーリア。ああ、愛しているんです。出しても、止まらない……!」

果たして翌朝、花嫁は起き上がることができるだろうか。

それはきっと、レスターだけが知っている――

あとがき

こんにちは、麻生ミカリです。蜜猫F文庫創刊、おめでとうございます！

また、『氷剣の貴公子が、何度巡り合っても私に溺愛求婚してきます！　ループのたびに愛が重くなるのは何故ですか⁉』をお手にとっていただき、ありがとうございます。

さて、本作はわたしにとって初めての死に戻りです。十数年前、とあるタイムリープもののアニメにハマったときを思い出して、物語の構成やキャラクターの心情とじっくり向き合い、とても楽しく書くことができました。思い入れの強い一作になっています。

イラストをご担当くださったさすがはらりゅう先生、長年憧れてきて、初めてお仕事をご一緒させていただき、感謝の気持ちでいっぱいです。クールなのに色気のあるレスターと、かわいいけれど芯の通ったオフィーリアのイラストをありがとうございました！

最後になりましたが、この本を読んでくださったあなたに最大級の感謝を込めて。

この本が発売されるころ、物書き生活十三年目に突入です。たくさんの方のお力を借りて、ここまでやってこれました。これからもどうかおつきあいください！　またどこかでお会いできる日を願って。それでは。

麻生ミカリ

蜜猫 Mitsuneko Label F

蜜猫F文庫をお買い上げいただきありがとうございます。
この作品を読んでのご意見・ご感想をお聞かせください。
あて先は下記の通りです。

〒102-0075 東京都千代田区三番町 8 番地 1 三番町東急ビル 6F
(株)竹書房　蜜猫F文庫編集部
麻生ミカリ先生 / すがはらりゅう先生

氷剣の貴公子が、何度巡り合っても私に溺愛求婚してきます！
ループのたびに愛が重くなるのは何故ですか!?

2023 年 7 月 29 日　初版第 1 刷発行

著　者　麻生ミカリ　©ASOU Mikari 2023
発行者　後藤明信
発行所　株式会社竹書房
〒102-0075 東京都千代田区三番町 8 番地 1 三番町東急ビル 6F
email : info@takeshobo.co.jp
デザイン　antenna
印刷所　中央精版印刷株式会社

聖なる力が××から出る乙女ですが最強騎士さまに甘く捕まえられました

茜たま
Illustration ことね壱花

君と出会って初めて、俺はこの世界を愛しいと思った

傷付いた精霊騎士に聖なる雫を与え癒す〝聖女〟と呼ばれる乙女達。レティシアもその一人だがある事情で儀式を行えないでいた。だがある日、王太子アルフレートが彼女を指名する。彼は身分を隠し孤児院に出入りしていてレティシアと面識があった。「通常、聖女は祈りの雫を瞳からこぼします。だけど私は…」彼女の胸の先から溢れる雫を舐め吸い付くアルフレート。神聖な儀式なのに身体が熱くなり甘い声が漏れてしまって!?

蜜猫F文庫